DISCOURS

PRONONCÉS DANS LA SÉANCE PUBLIQUE

TENUE

PAR L'ACADÉMIE FRANÇAISE,

POUR LA RÉCEPTION

DE M. VICTOR HUGO,

LE 3 JUIN 1841.

PARIS,

TYPOGRAPHIE DE FIRMIN DIDOT FRÈRES,

IMPRIMEURS DE L'INSTITUT, RUE JACOB, 56.

—

1841.

INSTITUT ROYAL DE FRANCE.

ACADÉMIE FRANÇAISE.

M. Victor Hugo, ayant été élu par l'Académie
française à la place vacante par la mort de
M. Lemercier, y est venu prendre séance le
3 juin 1841, et a prononcé le discours qui suit :

Messieurs,

Au commencement de ce siècle, la France était pour les
nations un magnifique spectacle. Un homme la remplissait
alors et la faisait si grande qu'elle remplissait l'Europe. Cet
homme, sorti de l'ombre, fils d'un pauvre gentilhomme
corse, produit de deux républiques, par sa famille de la république de Florence, par lui-même de la république française,
était arrivé en peu d'années à la plus haute royauté qui
jamais peut-être ait étonné l'histoire. Il était prince par le

1.

génie, par la destinée, et par les actions. Tout en lui indiquait le possesseur légitime d'un pouvoir providentiel. Il avait eu pour lui les trois conditions suprêmes, l'événement, l'acclamation et la consécration. Une révolution l'avait enfanté, un peuple l'avait choisi, un pape l'avait couronné. Des rois et des généraux, marqués eux-mêmes par la fatalité, avaient reconnu en lui, avec l'instinct que leur donnait leur sombre et mystérieux avenir, l'élu du destin. Il était l'homme auquel Alexandre de Russie, qui devait périr à Taganrog, avait dit : *Vous êtes prédestiné du ciel;* auquel Kléber, qui devait mourir en Égypte, avait dit : *Vous êtes grand comme le monde;* auquel Desaix, tombé à Màrengo, avait dit : *Je suis le soldat et vous êtes le général;* auquel Valhubert, expirant à Austerlitz, avait dit : *Je vais mourir, mais vous allez régner.* Sa renommée militaire était immense, ses conquêtes étaient colossales. Chaque année il reculait les frontières de son empire au delà même des limites majestueuses et nécessaires que Dieu a données à la France. Il avait effacé les Alpes comme Charlemagne et les Pyrénées comme Louis XIV; il avait passé le Rhin comme César et il avait failli franchir la Manche comme Guillaume le Conquérant. Sous cet homme, la France avait cent trente départements; d'un côté elle touchait aux bouches de l'Elbe, de l'autre elle atteignait le Tibre. Il était le souverain de quarante-quatre millions de Français et le protecteur de cent millions d'Européens. Dans la composition hardie de ses frontières il avait employé comme matériaux deux grands-duchés souverains, la Savoie et la Toscane, et cinq anciennes républiques, Gênes, les États-romains, les États-vénitiens, le Valais et les Provinces-Unies. Il avait construit son État au centre de l'Europe comme une citadelle, lui donnant pour bastions et pour ouvrages avancés dix monarchies qu'il avait fait entrer à la fois dans son empire et dans sa famille. De tous les enfants, ses cousins et ses frères, qui avaient joué avec lui dans la petite cour de la maison natale d'Ajaccio, il avait fait des têtes couronnées. Il avait marié son fils adoptif à une princesse de Bavière et son plus jeune frère à une princesse de Würtemberg. Quant à lui, après avoir ôté à l'Autriche l'empire d'Allemagne qu'il s'était à peu près arrogé sous le nom de Confédération du Rhin, après lui avoir pris le Tyrol pour l'ajouter à la Bavière et l'Illyrie pour la réunir à la France, il avait daigné épouser une archiduchesse. Tout dans cet homme était démesuré et splendide. Il était au-dessus de l'Europe comme une vision extraordinaire. Une fois on le vit au milieu de quatorze personnes souveraines, sacrées et couronnées, assis entre le césar et le czar sur un fauteuil plus élevé que le leur. Un jour il donna à Talma le spectacle d'un parterre de rois. N'étant encore qu'à l'aube de sa puissance, il lui avait pris fantaisie de toucher au nom de Bourbon dans un coin de l'Italie et de l'agrandir à sa manière; de Louis, duc de Parme, il avait fait un roi d'Étrurie. A la même époque, il avait profité d'une trêve, puissamment imposée par son influence et par ses armes, pour faire quitter aux rois de la Grande Bretagne ce titre de *roi de France* qu'ils avaient usurpé quatre cents ans, et qu'ils n'ont plus osé reprendre depuis, tant il leur fut alors bien arraché. La révolution avait effacé les fleurs de lis de l'écusson de France; lui aussi, il les avait effacées, mais du blason d'Angleterre; trouvant ainsi moyen de leur faire honneur de la même manière dont on leur avait fait affront. Par décret im-

périal, il divisait la Prusse en quatre départements, il
mettait les îles britanniques en état de blocus, il déclarait
Amsterdam troisième ville de l'empire, — Rome n'était
que la seconde, — ou bien il affirmait au monde que la
maison de Bragance avait cessé de régner. Quand il passait
le Rhin, les électeurs d'Allemagne, ces hommes qui avaient
fait des empereurs, venaient au-devant de lui jusqu'à leurs
frontières dans l'espérance qu'il les ferait peut-être rois.
L'antique royaume de Gustave Wasa, manquant d'héritier et
cherchant un maître, lui demandait pour prince un de ses
maréchaux. Le successeur de Charles - Quint, l'arrière-petit-
fils de Louis XIV, le roi des Espagnes et des Indes, lui demandait pour femme une de ses sœurs. Il était compris,
grondé et adoré de ses soldats, vieux grenadiers familiers
avec leur empereur et avec la mort. Le lendemain des
batailles, il avait avec eux de ces grands dialogues qui
commentent superbement les grandes actions et qui trans-
forment l'histoire en épopée. Il entrait dans sa puissance
comme dans sa majesté quelque chose de simple, de brusque
et de formidable. Il n'avait pas, comme les empereurs d'Orient,
le doge de Venise pour grand échanson, ou, comme les empereurs d'Allemagne, le duc de Bavière pour grand écuyer;
mais il lui arrivait parfois de mettre aux arrêts le roi qui
commandait sa cavalerie. Entre deux guerres, il creusait des
canaux, il perçait des routes, il dotait des théâtres, il en-
richissait des académies, il provoquait des découvertes, il
fondait des monuments grandioses, ou bien il rédigeait des
codes dans un salon des Tuileries, et il querellait ses conseil-
lers d'État jusqu'à ce qu'il eût réussi à substituer, dans
quelque texte de loi, aux routines de la procédure, la raison

suprême et naïve du génie. Enfin, dernier trait qui complète à mon sens la configuration singulière de cette grande gloire, il était entré si avant dans l'histoire par ses actions qu'il pouvait dire et qu'il disait : *Mon prédécesseur l'empereur Charlemagne;* et il s'était par ses alliances tellement mêlé à la monarchie qu'il pouvait dire et qu'il disait : *Mon oncle le roi Louis XVI.*

Cet homme était prodigieux. Sa fortune, Messieurs, avait tout surmonté. Comme je viens de vous le rappeler, les plus illustres princes sollicitaient son amitié, les plus anciennes races royales cherchaient son alliance, les plus vieux gentils-hommes briguaient son service. Il n'y avait pas une tête, si haute ou si fière qu'elle fût, qui ne saluât ce front sur lequel la main de Dieu, presque visible, avait posé deux couronnes, l'une qui est faite d'or et qu'on appelle la royauté, l'autre qui est faite de lumière et qu'on appelle le génie. Tout dans le continent s'inclinait devant Napoléon, tout, — excepté six poëtes, Messieurs, — permettez-moi de le dire et d'en être fier dans cette enceinte, — excepté six penseurs restés seuls debout dans l'univers agenouillé; et ces noms glorieux, j'ai hâte de les prononcer devant vous, les voici : Ducis, Delille, madame de Stael, Benjamin Constant, Chateaubriand, Lemercier.

Que signifiait cette résistance? Au milieu de cette France qui avait la victoire, la force, la puissance, l'empire, la do-mination, la splendeur; au milieu de cette Europe émer-veillée et vaincue qui, devenue presque française, participait elle-même du rayonnement de la France, que représentaient ces six esprits révoltés contre un génie, ces six renommées indignées contre la gloire, ces six poëtes irrités contre un héros? Messieurs, ils représentaient en Europe la seule chose qui manquât alors à l'Europe, l'indépendance; ils représentaient en France la seule chose qui manquât alors à la France, la liberté.

A Dieu ne plaise que je prétende jeter ici le blâme sur les esprits moins sévères qui entouraient alors le maître du monde de leurs acclamations! Cet homme, après avoir été l'étoile d'une nation, en était devenu le soleil. On pouvait sans crime se laisser éblouir. Il était plus malaisé peut-être qu'on ne pense, pour l'individu que Napoléon voulait gagner, de défendre sa frontière contre cet irrésistible envahisseur qui savait le grand art de subjuguer un peuple et qui savait aussi le grand art de séduire un homme. Que suis-je, d'ailleurs, Messieurs, pour m'arroger ce droit de critique suprême? Quel est mon titre? N'ai-je pas bien plutôt besoin moi-même de bienveillance et d'indulgence à l'heure où j'entre dans cette compagnie, ému de toutes les émotions ensemble, fier des suffrages qui m'ont appelé, heureux des sympathies qui m'accueillent, troublé par cet auditoire si imposant et si charmant, triste de la grande perte que vous avez faite et dont il ne me sera pas donné de vous consoler, confus enfin d'être si peu de chose dans ce lieu vénérable que remplissent à la fois de leur éclat serein et fraternel d'augustes morts et d'illustres vivants? Et puis, pour dire toute ma pensée, en aucun cas je ne reconnaîtrais aux générations nouvelles ce droit de blâme rigoureux envers nos anciens et nos aînés. Qui n'a pas combattu a-t-il le droit de juger? Nous devons nous souvenir que nous étions enfants alors, et que la vie était légère et insouciante pour nous lorsqu'elle était si grave et si laborieuse pour d'autres. Nous arrivons après nos pères; ils sont fatigués, soyons respectueux. Nous profitons à la fois des grandes idées qui ont lutté et des grandes choses qui ont prévalu. Soyons justes envers tous, envers ceux qui ont accepté l'empereur pour maître comme envers ceux qui l'ont accepté pour adversaire. Comprenons l'enthousiasme et honorons la résistance. L'un et l'autre ont été légitimes.

Pourtant, redisons-le, Messieurs, la résistance n'était pas seulement légitime ; elle était glorieuse.

Elle affligeait l'empereur. L'homme qui, comme il l'a dit plus tard à Sainte-Hélène, *eût fait Pascal sénateur et Corneille ministre,* cet homme-là, Messieurs, avait trop de grandeur en lui-même pour ne pas comprendre la grandeur dans autrui. Un esprit vulgaire, appuyé sur la toute-puissance, eût dédaigné peut-être cette rébellion du talent ; Napoléon s'en préoccupait. Il se savait trop historique pour ne point avoir souci de l'histoire ; il se sentait trop poétique pour ne pas s'inquiéter des poëtes. Il faut le reconnaître hautement, c'était un vrai prince que ce sous-lieutenant d'artillerie qui avait gagné sur la jeune république française la bataille du 18 brumaire et sur les vieilles monarchies européennes la bataille d'Austerlitz. C'était un victorieux, et, comme tous les victorieux, c'était un ami des lettres. Napoléon avait tous les goûts et tous les instincts du trône, autrement que Louis XIV sans doute, mais autant que lui. Il y avait du grand roi dans le grand empereur. Rallier la littérature à son sceptre, c'était une de ses premières ambitions. Il ne lui suffisait pas d'avoir muselé les passions populaires, il eût voulu soumettre Benjamin Constant ; il ne lui suffisait pas d'avoir vaincu trente armées, il eût voulu vaincre Lemercier ; il ne lui suffisait pas d'avoir conquis dix royaumes, il eût voulu conquérir Chateaubriand.

2

Ce n'est pas, Messieurs, que tout en jugeant le premier consul ou l'empereur chacun sous l'influence de leurs sympathies particulières, ces hommes-là contestassent ce qu'il y avait de généreux, de rare et d'illustre dans Napoléon. Mais, selon eux, le politique ternissait le victorieux, le héros était doublé d'un tyran, le Scipion se compliquait d'un Cromwell; une moitié de sa vie faisait à l'autre moitié des répliques amères. Bonaparte avait fait porter aux drapeaux de son armée le deuil de Washington; mais il n'avait pas imité Washington. Il avait nommé la Tour d'Auvergne premier grenadier de la république; mais il avait aboli la république. Il avait donné le dôme des Invalides pour sépulcre au grand Turenne; mais il avait donné le fossé de Vincennes pour tombe au petit-fils du grand Condé.

Malgré leur fière et chaste attitude, l'empereur n'hésita devant aucune avance. Les ambassades, les dotations, les hauts grades de la Légion d'honneur, le sénat, tout fut offert, disons-le à la gloire de l'empereur, et, disons-le à la gloire de ces nobles réfractaires, tout fut refusé.

Après les caresses, je l'ajoute à regret, vinrent les persécutions. Aucun ne céda. Grâce à ces six talents, grâce à ces six caractères, sous ce règne qui supprima tant de libertés et qui humilia tant de couronnes, la dignité royale de la pensée libre fut maintenue.

Il n'y eut pas que cela, Messieurs; il y eut aussi service rendu à l'humanité. Il n'y eut pas seulement résistance au despotisme; il y eut aussi résistance à la guerre. Et qu'on ne se méprenne pas ici sur le sens et sur la portée de mes paroles, je suis de ceux qui pensent que la guerre est souvent bonne. A ce point de vue supérieur d'où l'on voit toute l'histoire

comme un seul groupe et toute la philosophie comme une
seule idée, les batailles ne sont pas plus des plaies faites au
genre humain que les sillons ne sont des plaies faites à la
terre. Depuis cinq mille ans, toutes les moissons s'ébauchent
par la charrue et toutes les civilisations par la guerre. Mais
lorsque la guerre tend à dominer, lorsqu'elle devient l'état
normal d'une nation, lorsqu'elle passe à l'état chronique,
pour ainsi dire, quand il y a, par exemple, treize grandes
guerres en quatorze ans, alors, Messieurs, quelque magni-
fiques que soient les résultats ultérieurs, il vient un moment
où l'humanité souffre. Le côté délicat des mœurs s'use et
s'amoindrit au frottement des idées brutales; le sabre devient le seul outil de la société; la force se forge un droit à
elle; le rayonnement divin de la bonne foi, qui doit toujours
éclairer la face des nations, s'éclipse à chaque instant dans
l'ombre où s'élaborent les traités et les partages de royaumes; le commerce, l'industrie, le développement radieux des
intelligences, toute l'activité pacifique disparaît; la sociabilité
humaine est en péril. Dans ces moments-là, Messieurs, il sied
qu'une imposante réclamation s'élève; il est moral que l'intelligence dise hardiment son fait à la force; il est bon qu'en
présence même de leur victoire et de leur puissance, les
penseurs fassent des remontrances aux héros, et que les poëtes, ces civilisateurs sereins, patients et paisibles, protestent
contre les conquérants, ces civilisateurs violents.

Parmi ces illustres protestants, il était un homme que
Bonaparte avait aimé, et auquel il aurait pu dire, comme
un autre dictateur à un autre républicain : *Tu quoque.* Cet
homme, Messieurs, c'était M. Lemercier. Nature probe, ré-
servée et sobre; intelligence droite et logique; imagination

2.

exacte et, pour ainsi dire, algébrique jusque dans ses fantaisies; né gentilhomme, mais ne croyant qu'à l'aristocratie
du talent; né riche, mais ayant la science d'être noblement
pauvre; modeste d'une sorte de modestie hautaine; doux,
mais ayant dans sa douceur je ne sais quoi d'obstiné, de
silencieux et d'inflexible; austère dans les choses publiques,
difficile à entraîner, offusqué de ce qui éblouit les autres,
M. Lemercier, détail remarquable dans un homme qui avait
livré tout un côté de sa pensée aux théories, M. Lemercier
n'avait laissé construire son opinion politique que par les
faits. Et encore voyait-il les faits à sa manière. C'était un de
ces esprits qui donnent plus d'attention aux causes qu'aux
effets et qui critiqueraient volontiers la plante sur sa racine
et le fleuve sur sa source. Ombrageux et sans cesse prêt à se
cabrer, plein d'une haine secrète et souvent vaillante
contre tout ce qui tend à dominer, il paraissait avoir mis
autant d'amour-propre à se tenir toujours de plusieurs années en arrière des événements que d'autres en mettent à se
précipiter en avant. En 1789, il était royaliste, ou, comme
on parlait alors, *monarchien* de 1785; en 93 il devint,
comme il l'a dit lui-même, libéral de 89; en 1804, au moment où Bonaparte se trouva mûr pour l'empire, Lemercier
se sentit mûr pour la république.

Comme vous le voyez, Messieurs, son opinion politique,
dédaigneuse de ce qui lui semblait le caprice du jour, était
toujours mise à la mode de l'an passé.

Veuillez me permettre ici quelques détails sur le milieu
dans lequel s'écoula la jeunesse de M. Lemercier. Ce n'est
qu'en explorant les commencements d'une vie qu'on peut
étudier la formation d'un caractère. Or, quand on veut con-

naître à fond ces hommes qui répandent de la lumière, il ne
faut pas moins s'éclairer de leur caractère que de leur génie.
Le génie, c'est le flambeau du dehors; le caractère, c'est la
lampe intérieure.

En 1793, au plus fort de la terreur, M. Lemercier, tout
jeune homme alors, suivait avec une assiduité remarquable
les séances de la convention nationale. C'était là, Messieurs,
un sujet de contemplation sombre, lugubre, effrayant, mais
sublime. Soyons justes, nous le pouvons sans danger aujour-
d'hui, soyons justes envers ces choses augustes et terribles
qui ont passé sur la civilisation humaine et qui ne revien-
dront plus! C'est, à mon sens, une volonté de la Providence
que la France ait toujours à sa tête quelque chose de grand.
Sous les anciens rois, c'était un principe; sous l'empire, ce
fut un homme; pendant la révolution, ce fut une assemblée.
Assemblée qui a brisé le trône et qui a sauvé le pays, qui a
eu un duel avec la royauté comme Cromwell et un duel avec
l'univers comme Annibal, qui a eu à la fois du génie comme
tout un peuple et du génie comme un seul homme; en un
mot, qui a commis des attentats et qui a fait des prodiges;
que nous pouvons détester, que nous pouvons maudire, mais
que nous devons admirer.

Reconnaissons-le néanmoins, il se fit en France, dans ce
temps-là, une diminution de lumière morale, et par consé-
quent, — remarquons-le, Messieurs, — une diminution de
lumière intellectuelle. Cette espèce de demi-jour ou de demi-
obscurité qui ressemble à la tombée de la nuit et qui se répand sur de certaines époques, est nécessaire pour que la
Providence puisse, dans l'intérêt ultérieur du genre humain,
accomplir sur les sociétés vieillies ces effrayantes voies de fait

qui, si elles étaient commises par des hommes, seraient des crimes, et qui, venant de Dieu, s'appellent des révolutions.

Cette ombre, c'est l'ombre même que fait la main du Seigneur quand elle est sur un peuple.

Comme je l'indiquais tout à l'heure, 93 n'est pas l'époque de ces hautes individualités que leur génie isole. Il semble, en ce moment-là, que la Providence trouve l'homme trop petit pour ce qu'elle veut faire, qu'elle le relègue sur le second plan et qu'elle entre en scène elle-même. En effet, en 93, des trois géants qui ont fait de la révolution française, le premier, un fait social, le deuxième, un fait géographique, le dernier, un fait européen, l'un, Mirabeau, était mort; l'autre, Sieyès, avait disparu dans l'éclipse; il *réussissait à vivre*, comme ce lâche grand homme l'a dit plus tard; le troisième, Bonaparte, n'était pas né encore à la vie historique. Sieyès laissé dans l'ombre et Danton peut-être excepté, il n'y avait donc pas d'hommes du premier ordre, pas d'intelligences capitales dans la convention; mais il y avait de grandes passions, de grandes luttes, de grands éclairs, de grands fantômes. Cela suffisait, certes, pour l'éblouissement du peuple, redoutable spectateur incliné sur la fatale assemblée. Ajoutons qu'à cette époque où chaque jour était une journée, les choses marchaient si vite, l'Europe et la France, Paris et la frontière, le champ de bataille et la place publique avaient tant d'aventures, tout se développait si rapidement, qu'à la tribune de la convention nationale l'événement croissait pour ainsi dire sous l'orateur à mesure qu'il parlait, et, tout en lui donnant le vertige, lui communiquait sa grandeur. Et puis, comme Paris, comme la

France, la convention se mouvait dans cette clarté crépuscu-
laire de la fin du siècle qui attachait des ombres immenses
aux plus petits hommes, qui prêtait des contours indéfinis et
gigantesques aux plus chétives figures, et qui, dans l'histoire
même, répand sur cette formidable assemblée je ne sais quoi
de sinistre et de surnaturel.

Ces monstrueuses réunions d'hommes ont souvent fasciné
les poëtes comme l'hydre fascine l'oiseau. Le long-parlement
absorbait Milton, la convention attirait Lemercier. Tous deux
plus tard ont illuminé l'intérieur d'une sombre épopée avec
je ne sais quelle vague réverbération de ces deux pandœmo-
niums. On sent Cromwell dans le *Paradis perdu* et 93 dans
la *Panhypocrisiade*. La convention, pour le jeune Lemercier,
c'était la révolution faite vision et réunie tout entière sous
son regard. Tous les jours il venait voir là, comme il l'a dit
admirablement, *mettre les lois hors la loi*. Chaque matin il
arrivait à l'ouverture de la séance et s'asseyait dans la tribune publique parmi ces femmes étranges qui mêlaient je
ne sais quelle besogne domestique aux plus terribles spectacles et auxquelles l'histoire conservera leur hideux surnom
de *tricoteuses*. Elles le connaissaient, elles l'attendaient et
lui gardaient sa place. Seulement il y avait dans sa jeunesse, dans le désordre de ses vêtements, dans son attention
effarée, dans son anxiété pendant les discussions, dans la
fixité profonde de son regard, dans les paroles entrecoupées
qui lui échappaient par moments, quelque chose de si singulier pour elles qu'elles le croyaient privé de raison. Un jour,
arrivant plus tard qu'à l'ordinaire, il entendit une de ces
femmes dire à l'autre : *Ne te mets pas là, c'est la place de
l'idiot.*

Quatre ans plus tard, en 1797, l'idiot donnait à la France *Agamemnon*.

Est-ce que par hasard cette assemblée aurait fait faire au poëte cette tragédie? Qu'y a-t-il de commun entre Égisthe et Danton, entre Argos et Paris, entre la barbarie homérique et la démoralisation voltairienne? Quelle étrange idée de donner pour miroir aux attentats d'une civilisation décrépite et corrompue les crimes naïfs et simples d'une époque primitive; de faire errer, pour ainsi dire, à quelques pas des échafauds de la révolution française les spectres grandioses de la tragédie grecque, et de confronter au régicide moderne tel que l'accomplissent les passions populaires l'antique régicide tel que le font les passions domestiques! Je l'avouerai, Messieurs, en songeant à cette remarquable époque du talent de M. Lemercier, entre les discussions de la convention et les querelles des Atrides, entre ce qu'il voyait et ce qu'il rêvait, j'ai souvent cherché un rapport, je n'ai trouvé tout au plus qu'une harmonie. Pourquoi, par quelle mystérieuse transformation de la pensée dans le cerveau, *Agamemnon* est-il né ainsi, c'est là un de ces sombres caprices de l'inspiration dont les poëtes seuls ont le secret. Quoi qu'il en soit, *Agamemnon* est une œuvre, une des plus belles tragédies de notre théâtre sans contredit, par l'horreur et par la pitié à la fois, par la simplicité de l'élément tragique, par la gravité austère du style. Ce sévère poëme a vraiment le profil grec. On sent, en le considérant, que c'est l'époque où David donne la couleur aux bas-reliefs d'Athènes et où Talma leur donne la parole et le mouvement. On y sent plus que l'époque, on y sent l'homme. On devine que le poëte a souffert en l'écrivant. En effet, une mélancolie profonde,

mêlée à je ne sais quelle terreur presque révolutionnaire,
couvre toute cette grande œuvre. Examinez-la, — elle le mérite, Messieurs, — voyez l'ensemble et les détails, Agamemnon
et Strophus, la galère qui aborde au port, les acclamations
du peuple, le tutoiement héroïque des rois. Contemplez surtout Clytemnestre, la pâle et sanglante figure, l'adultère dé-
vouée au parricide, qui regarde à côté d'elle sans les comprendre et, chose terrible! sans en être épouvantée, la captive
Cassandre et le petit Oreste; deux êtres faibles en apparence,
en réalité formidables! L'avenir parle dans l'un et vit dans
l'autre. Cassandre, c'est la menace sous la forme d'une es-
clave; Oreste, c'est le châtiment sous les traits d'un enfant.

Comme je viens de le dire, à l'âge où l'on ne souffre pas
encore et où l'on rêve à peine, M. Lemercier souffrit et créa.
Cherchant à composer sa pensée, curieux de cette curiosité
profonde qui attire les esprits courageux aux spectacles ef-
frayants, il s'approcha le plus près qu'il put de la convention, c'est-à-dire, de la révolution. Il se pencha sur la four-
naise pendant que la statue de l'avenir y bouillonnait encore,
et il y vit flamboyer et il y entendit rugir, comme la lave
dans le cratère, les grands principes révolutionnaires, ce
bronze dont sont faites aujourd'hui toutes les bases de nos
idées, de nos libertés et de nos lois. La civilisation future
était alors le secret de la Providence; M. Lemercier n'essaya
pas de le deviner. Il se borna à recevoir en silence, avec une
résignation stoïque, son contre-coup de toutes les calamités.
Chose digne d'attention, et sur laquelle je ne puis m'em-
pêcher d'insister, si jeune, si obscur, si inaperçu encore,
perdu dans cette foule qui, pendant la terreur, regardait
les événements traverser la rue conduits par le bourreau,

3

il fut frappé dans toutes ses affections les plus intimes par les catastrophes publiques. Sujet dévoué et presque serviteur personnel de Louis XVI, il vit passer le fiacre du 21 janvier; filleul de madame de Lamballe, il vit passer la pique du 2 septembre; ami d'André Chénier, il vit passer la charrette du 7 thermidor. Ainsi, à vingt ans, il avait déjà vu décapiter dans les trois êtres les plus sacrés pour lui après son père les trois choses de ce monde les plus rayonnantes après Dieu, la royauté, la beauté et le génie!

Quand ils ont subi de pareilles impressions, les esprits tendres et faibles restent tristes toute leur vie, les esprits élevés et fermes demeurent sérieux. M. Lemercier accepta donc la vie avec gravité. Le 9 thermidor avait ouvert pour la France cette ère nouvelle qui est la seconde phase de toute révolution. Après avoir regardé la société se dissoudre, M. Lemercier la regarda se reformer. Il mena la vie mondaine et littéraire. Il étudia et partagea, en souriant parfois, les mœurs de cette époque du directoire qui est après Robespierre ce que la régence est après Louis XIV; le tumulte joyeux d'une nation intelligente échappée à l'ennui ou à la peur; l'esprit, la gaieté, et la licence protestant par une orgie, ici, contre la tristesse d'un despotisme dévot, là, contre l'abrutissement d'une tyrannie puritaine. M. Lemercier, célèbre alors par le succès d'*Agamemnon,* rechercha tous les hommes d'élite de ce temps, et en fut recherché. Il connut Écouchard-Lebrun chez Ducis comme il avait connu André Chénier chez madame Pourrat. Lebrun l'aima tant qu'il n'a pas fait une seule épigramme contre lui. Le duc de Fitz-James et le prince de Talleyrand, madame de Lameth et M. de Florian, la duchesse d'Aiguillon et madame Tallien, Bernardin de Saint-Pierre et madame de Staël lui firent fête et l'accueillirent. Beaumarchais voulut être son éditeur comme vingt ans plus tard Dupuytren voulut être son professeur. Déjà placé trop haut pour descendre aux exclusions de partis, de plain-pied avec tout ce qui était supérieur, il devint en même temps l'ami de David qui avait jugé le roi et de Delille qui l'avait pleuré. C'est ainsi qu'en ces années-là, de cet échange d'idées avec tant de natures diverses, de la contemplation des mœurs et de l'observation des individus, naquirent et se développèrent dans M. Lemercier, pour faire face à toutes les rencontres de la vie, deux hommes, — deux hommes libres, — un homme politique indépendant, un homme littéraire original.

Un peu avant cette époque, il avait connu l'officier de fortune qui devait succéder plus tard au directoire. Leur vie se côtoya pendant quelques années. Tous deux étaient obscurs. L'un était ruiné, l'autre était pauvre. On reprochait à l'un sa première tragédie qui était un essai d'écolier et à l'autre sa première action qui était un exploit de jacobin. Leurs deux renommées commencèrent en même temps par un sobriquet. On disait M. Mercier-Méléagre au même instant où l'on disait le général Vendémiaire. Loi étrange qui veut qu'en France le ridicule s'essaye un moment à tous les hommes supérieurs! Quand madame de Beauharnais songea à épouser le protégé de Barras, elle consulta M. Lemercier sur cette mésalliance. M. Lemercier, qui portait intérêt au jeune artilleur de Toulon, la lui conseilla. Puis tous deux, l'homme de lettres et l'homme de guerre, grandirent presque parallèlement. Ils remportèrent en même temps leurs premières victoires. M. Lemercier fit jouer *Agamemnon* dans l'année d'Arcole et de Lodi, et *Pinto* dans l'année de Marengo.

3.

Avant Marengo, leur liaison était déjà étroite. Le salon de
la rue Chantereine avait vu M. Lemercier lire sa tragédie
égyptienne d'*Ophis* au général en chef de l'armée d'Égypte;
Kléber et Desaix écoutaient assis dans un coin. Sous le consulat, la liaison devint de l'amitié. A la Malmaison, le premier consul, avec cette gaieté d'enfant propre aux vrais grands
hommes, entrait brusquement la nuit dans la chambre où
veillait le poëte, et s'amusait à lui éteindre sa bougie, puis
il s'échappait en riant aux éclats. Joséphine avait confié à
M. Lemercier son projet de mariage; le premier consul lui
confia son projet d'empire. Ce jour-là, M. Lemercier sentit
qu'il perdait un ami. Il ne voulut pas d'un maître. On ne
renonce pas aisément à l'égalité avec un pareil homme. Le
poëte s'éloigna fièrement. On pourrait dire que, le dernier
en France, il tutoya Napoléon. Le 14 floréal an XII, le jour
même où le sénat donnait pour la première fois à l'élu de
la nation le titre impérial : *Sire,* M. Lemercier, dans une
lettre mémorable, l'appelait encore familièrement de ce
grand nom : *Bonaparte!*

Cette amitié, à laquelle la lutte dut succéder, les honorait
l'un et l'autre. Le poëte n'était pas indigne du capitaine.
C'était un rare et beau talent que M. Lemercier. On a plus
de raisons que jamais de le dire aujourd'hui que son monument est terminé, aujourd'hui que l'édifice construit par cet
esprit a reçu cette fatale dernière pierre que la main de
Dieu pose toujours sur tous les travaux de l'homme. Vous
n'attendez certes pas de moi, Messieurs, que j'examine ici
page à page cette œuvre immense et multiple qui, comme
celle de Voltaire, embrasse tout, l'ode, l'épître, l'apologue,
la chanson, la parodie, le roman, le drame, l'histoire et le

pamphlet, la prose et le vers, la traduction et l'invention, l'enseignement politique, l'enseignement philosophique et l'enseignement littéraire; vaste amas de volumes et de brochures que couronnent avec quelque majesté dix poëmes, douze comédies et quatorze tragédies; riche et fantasque architecture, parfois ténébreuse, parfois vivement éclairée, sous les arceaux de laquelle apparaissent, étrangement mêlés dans un clair-obscur singulier, tous les fantômes imposants de la fable, de la Bible et de l'histoire, Atride, Ismaël, le lévite d'Éphraïm, Lycurgue, Camille, Clovis, Charlemagne, Baudouin, saint Louis, Charles VI, Richard III, Richelieu, Bonaparte, dominés tous par ces quatre colosses symboliques sculptés sur le fronton de l'œuvre, Moïse, Alexandre, Homère et Newton; c'est-à-dire, par la législation, la guerre, la poésie et la science. Ce groupe de figures et d'idées que le poëte avait dans l'esprit et qu'il a posé largement dans notre littérature, ce groupe, Messieurs, est plein de grandeur. Après avoir dégagé la ligne principale de l'œuvre, permettez-moi d'en signaler quelques détails saillants et caractéristiques : cette comédie de la révolution portugaise, si vive, si spirituelle, si ironique et si profonde; ce *Plaute,* qui diffère de l'*Harpagon* de Molière en ce que, comme le dit ingénieusement l'auteur lui-même, *le sujet de Molière, c'est un avare qui perd un trésor; mon sujet à moi, c'est Plaute qui trouve un avare;* ce *Christophe Colomb,* où l'unité de lieu est tout à la fois si rigoureusement observée, car l'action se passe sur le pont d'un vaisseau, et si audacieusement violée, car ce vaisseau, — j'ai presque dit ce drame, — va de l'ancien monde au nouveau; cette *Frédégonde,* conçue comme un rêve de Crébillon, exécutée comme une pensée de Corneille; cette *Atlantiade*, que la nature pénètre d'un assez vif rayon, quoiqu'elle y soit plutôt interprétée peut-être selon la science que selon la poésie; enfin, ce dernier poëme, l'homme donné par Dieu en spectacle aux démons, cette *Panhypocrisiade* qui est tout ensemble une épopée, une comédie et une satire, sorte de chimère littéraire, espèce de monstre à trois têtes qui chante, qui rit et qui aboie.

Après avoir traversé tous ces livres, après avoir monté et descendu la double échelle, construite par lui-même pour lui seul peut-être, à l'aide de laquelle ce penseur plongeait dans l'enfer ou pénétrait dans le ciel, il est impossible, Messieurs, de ne pas se sentir au cœur une sympathie sincère pour cette noble et travailleuse intelligence qui, sans se rebuter, a courageusement essayé tant d'idées à ce superbe goût français si difficile à satisfaire; philosophe selon Voltaire qui a été parfois un poëte selon Shakspeare; écrivain précurseur qui dédiait des épopées à Dante à l'époque où Dorat refleurissait sous le nom de Demoustiers; esprit à la vaste envergure, qui a tout à la fois une aile dans la tragédie primitive et une aile dans la comédie révolutionnaire, qui touche par *Agamemnon* au poëte de Prométhée et par *Pinto* au poëte de Figaro.

Le droit de critique, Messieurs, paraît au premier abord découler naturellement du droit d'apologie. L'œil humain, — est-ce perfection? est-ce infirmité? — est ainsi fait qu'il cherche toujours le côté défectueux de tout. Boileau n'a pas loué Molière sans restriction. Cela est-il à l'honneur de Boileau? Je l'ignore, mais cela est. Il y a deux cent trente ans que l'astronome Jean Fabricius a trouvé des taches dans le soleil; il y a deux mille deux cents ans que le grammairien Zoïle en avait trouvé dans Homère. Il semble donc que je pourrais ici,

sans offenser vos usages et sans manquer à la respectable
mémoire qui m'est confiée, mêler quelques reproches à mes
louanges et prendre de certaines précautions conservatoires
dans l'intérêt de l'art. Je ne le ferai pourtant pas, Messieurs.
Et vous-mêmes, en réfléchissant que si, par hasard, moi qui ne
peux être que fidèle à des convictions hautement proclamées
toute ma vie, j'articulais une restriction au sujet de M. Lemercier, cette restriction porterait peut-être principalement
sur un point délicat et suprême, sur la condition qui, selon
moi, ouvre ou ferme aux écrivains les portes de l'avenir,
c'est-à-dire, sur le style, en songeant à ceci, je n'en doute
pas, messieurs, vous comprendrez ma réserve et vous approu-
verez mon silence. D'ailleurs, et ce que je disais en commençant, ne dois-je pas le répéter ici surtout? qui suis-je? qui
m'a donné qualité pour trancher des questions si complexes
et si graves? Pourquoi la certitude que je crois sentir en moi se
résoudrait-elle en autorité pour autrui? La postérité seule,—
et c'est là encore une de mes convictions, — a le droit définitif
de critique et de jugement envers les talents supérieurs. Elle
seule, qui voit leur œuvre dans son ensemble, dans sa proportion et dans sa perspective, peut dire où ils ont erré et
décider où ils ont failli. Pour prendre ici devant vous le rôle
auguste de la postérité, pour adresser un reproche ou un
blâme à un grand esprit, il faudrait au moins être ou se
croire un contemporain éminent. Je n'ai ni le bonheur de ce
privilége, ni le malheur de cette prétention.

Et puis, Messieurs, et c'est toujours là qu'il en faut revenir
quand on parle de M. Lemercier, quel que soit son éclat littéraire, son caractère était peut-être plus complet encore que
son talent.

Du jour où il crut de son devoir de lutter contre ce qui lui semblait l'injustice faite gouvernement, il immola à cette lutte sa fortune, qu'il avait retrouvée après la révolution et que l'empire lui reprit, son loisir, son repos, cette sécurité extérieure qui est comme la muraille du bonheur domestique, et, chose admirable dans un poëte, jusqu'au succès de ses ouvrages. Jamais poëte n'a fait combattre des tragédies et des comédies avec une plus héroïque bravoure. Il envoyait ses pièces à la censure comme un général envoie ses soldats à l'assaut. Un drame supprimé était immédiatement remplacé par un autre qui avait le même sort. J'ai eu, Messieurs, la triste curiosité de chercher et d'évaluer le dommage causé par cette lutte à la renommée de l'auteur d'*Agamemnon*. Voulez-vous savoir le résultat? —Sans compter le *Lévite d'Éphraïm* proscrit par le comité du salut public, comme dangereux pour la philosophie; le *Tartufe révolutionnaire* proscrit par la convention, comme contraire à la république; la *Démence de Charles VI* proscrite par la restauration, comme hostile à la royauté; sans m'arrêter au *Corrupteur*, sifflé, dit-on, en 1823, par les gardes du corps, en me bornant aux actes de la censure impériale, voici ce que j'ai trouvé : *Pinto*, joué vingt fois, puis défendu; *Plaute*, joué sept fois, puis défendu; *Christophe Colomb*, joué onze fois militairement devant les baïonnettes, puis défendu; *Charlemagne*, défendu; *Camille*, défendu. Dans cette guerre, honteuse pour le pouvoir, honorable pour le poëte, M. Lemercier eut en dix ans cinq grands drames tués sous lui.

Il plaida quelque temps pour son droit et pour sa pensée par d'énergiques réclamations directement adressées à Bona-

parte lui-même. Un jour, au milieu d'une discussion délicate
et presque blessante, le maître, s'interrompant, lui dit brusquement : *Qu'avez-vous donc? vous devenez tout rouge.* — *Et
vous tout pâle,* répliqua fièrement M. Lemercier; *c'est notre
manière à tous deux quand quelque chose nous irrite, vous ou
moi. Je rougis et vous pâlissez.* Bientôt il cessa tout à fait de
voir l'empereur. Une fois pourtant, en janvier 1812, à l'époque culminante des prospérités de Napoléon, quelques se-
maines après la suppression arbitraire de son *Camille,* dans
un moment où il désespérait de jamais faire représenter aucune de ses pièces tant que l'empire durerait, il dut, comme
membre de l'Institut, se rendre aux Tuileries. Dès que Napoléon
l'aperçut, il vint droit à lui. — *Eh bien, monsieur Lemercier,
quand nous donnerez-vous une belle tragédie?* M. Lemercier
regarda l'empereur fixement et dit ce seul mot : *Bientôt,
j'attends.* Mot terrible! mot de prophète plus encore que de
poëte! mot qui, prononcé au commencement de 1812, contient Moscou, Waterloo et Sainte-Hélène!

Tout sentiment sympathique pour Bonaparte n'était cependant pas éteint dans ce cœur silencieux et sévère. Vers
ces derniers temps, l'âge avait plutôt rallumé qu'étouffé l'étin-
celle. L'an passé, presque à pareille époque, par une belle
matinée de mai, le bruit se répandit dans Paris que l'Angleterre, honteuse enfin de ce qu'elle a fait à Sainte-Hélène,
rendait à la France le cercueil de Napoléon. M. Lemercier,
déjà souffrant et malade depuis près d'un mois, se fit ap-
porter le journal. Le journal, en effet, annonçait qu'une
frégate allait mettre à la voile pour Sainte-Hélène. Pâle et
tremblant, le vieux poëte se leva, une larme brilla dans son

4

œil; et au moment où on lui lut que «le général Bertrand
« irait chercher l'empereur son maître....» — *Et moi, s'écria-
t-il, si j'allais chercher mon ami le premier consul!*

Huit jours après, il était parti.

Hélas! me disait sa respectable veuve en me racontant
ces douloureux détails, *il ne l'est pas allé chercher, il a fait
davantage, il l'est allé rejoindre.*

Nous venons de parcourir du regard toute cette noble vie;
tirons-en maintenant l'enseignement qu'elle renferme.

M. Lemercier est un de ces hommes rares qui obligent
l'esprit à se poser et aident la pensée à résoudre ce grave et
beau problème : — Quelle doit être l'attitude de la littérature vis-à-vis de la société, selon les époques, selon les
peuples et selon les gouvernements?

Aujourd'hui, vieux trône de Louis XIV, gouvernement des
assemblées, despotisme de la gloire, monarchie absolue, république tyrannique, dictature militaire, tout cela s'est éva-
noui. A mesure que nous, générations nouvelles, nous
voguons d'année en année vers l'inconnu, les trois objets
immenses que M. Lemercier rencontra sur sa route, qu'il
aima, contempla et combattit tour à tour, immobiles et
morts désormais, s'enfoncent peu à peu dans la brume
épaisse du passé. Les rois de la branche aînée ne sont plus
que des ombres; la convention n'est plus qu'un souvenir;
l'empereur n'est plus qu'un tombeau.

Seulement, les idées qu'ils contenaient leur ont survécu. La
mort et l'écroulement ne servent qu'à dégager cette valeur
intrinsèque et essentielle des choses qui en est comme l'âme.
Dieu met quelquefois des idées dans certains faits et dans

certains hommes comme des parfums dans des vases. Quand le vase tombe, l'idée se répand.

Messieurs, la race aînée contenait la tradition historique; la convention contenait l'expansion révolutionnaire; Napoléon contenait l'unité nationale. De la tradition naît la stabilité, de l'expansion naît la liberté, de l'unité naît le pouvoir. Or, la tradition, l'unité et l'expansion, en d'autres termes, la stabilité, le pouvoir et la liberté, c'est la civilisation même. La racine, le tronc et le feuillage, c'est tout l'arbre.

La tradition, Messieurs, importe à ce pays. La France n'est pas une colonie violemment faite nation; la France n'est pas une Amérique. La France fait partie intégrante de l'Europe. Elle ne peut pas plus briser avec le passé que rompre avec le sol. Aussi, à mon sens, c'est avec un admirable instinct que notre dernière révolution, si grave, si forte, si intelligente, a compris que, les familles couronnées étant faites pour les nations souveraines, à de certains âges des races royales il fallait substituer à l'hérédité de prince à prince l'hérédité de branche à branche; c'est avec un profond bon sens qu'elle a choisi pour chef constitutionnel un ancien lieutenant de Dumouriez et de Kellermann qui était petit-fils de Henri IV et petit-neveu de Louis XIV; c'est avec une haute raison qu'elle a transformé en jeune dynastie une vieille famille, monarchique et populaire à la fois, pleine de passé par son histoire et pleine d'avenir par sa mission.

Mais si la tradition historique importe à la France, l'expansion libérale ne lui importe pas moins. L'expansion des idées, c'est le mouvement qui lui est propre. Elle est par la

4.

tradition et elle vit par l'expansion. A Dieu ne plaise, Messieurs, qu'en vous rappelant tout à l'heure combien la France était puissante et superbe il y a trente ans, j'aie eu un seul moment l'intention impie d'abaisser, d'humilier ou de décourager, par le sous-entendu d'un prétendu contraste, la France d'à présent! Nous pouvons le dire avec calme et nous n'avons pas besoin de hausser la voix pour une chose si simple et si vraie, la France est aussi grande aujourd'hui qu'elle l'a jamais été. Depuis cinquante années qu'en commençant sa propre transformation elle a commencé le rajeunissement de toutes les sociétés vieillies, la France semble avoir fait deux parts égales de sa tâche et de son temps. Pendant vingt-cinq ans elle a imposé ses armes à l'Europe; depuis vingt-cinq ans elle lui impose ses idées. Par sa presse, elle gouverne les peuples; par ses livres, elle gouverne les esprits. Si elle n'a plus la conquête, cette domination par la guerre, elle a l'initiative, cette domination par la paix. C'est elle qui rédige l'ordre du jour de la pensée universelle. Ce qu'elle propose est à l'instant même mis en discussion par l'humanité tout entière; ce qu'elle conclut fait loi. Son esprit s'introduit peu à peu dans les gouvernements, et les assainit. C'est d'elle que viennent toutes les palpitations généreuses des autres peuples, tous les changements insensibles du mal au bien qui s'accomplissent parmi les hommes en ce moment et qui épargnent aux États des secousses violentes. Les nations prudentes et qui ont souci de l'avenir tâchent de faire pénétrer dans leur vieux sang l'utile fièvre des idées françaises, non comme une maladie, mais, permettez-moi cette expression, comme une vaccine qui inocule le progrès et qui préserve des révolutions. Peut-être les limites matérielles de la France sont-elles momentanément restreintes, non, certes, sur la mappemonde éternelle dont Dieu a marqué les compartiments avec des fleuves, des océans et des montagnes; mais sur cette carte éphémère, bariolée de rouge et de bleu, que la victoire ou la diplomatie refont tous les vingt ans. Qu'importe? dans un temps donné, l'avenir remet toujours tout dans le moule de Dieu. La forme de la France est fatale. Et puis, si les coalitions, les réactions et les congrès ont bâti une France, les poëtes et les écrivains en ont fait une autre. Outre ses frontières visibles, la grande nation a des frontières invisibles qui ne s'arrêtent que là où le genre humain cesse de parler sa langue, c'est-à-dire aux bornes mêmes du monde civilisé.

Encore quelques mots, Messieurs, encore quelques instants de votre bienveillante attention, et j'ai fini.

Vous le voyez, je ne suis pas de ceux qui désespèrent. Qu'on me pardonne cette faiblesse, j'admire mon pays et j'aime mon temps. Quoi qu'on en puisse dire, je ne crois pas plus à l'affaiblissement graduel de la France qu'à l'amoindrissement progressif de la race humaine. Il me semble que cela ne peut être dans les desseins du Seigneur, qui successivement a fait Rome pour l'homme ancien et Paris pour l'homme nouveau. Le doigt éternel, visible, ce me semble, en toute chose, améliore perpétuellement l'univers par l'exemple des nations choisies et les nations choisies par le travail des intelligences élues. Oui, Messieurs, n'en déplaise à l'esprit de diatribe et de dénigrement, cet aveugle qui regarde, je crois en l'humanité et j'ai foi en mon siècle; n'en

déplaise à l'esprit de doute et d'examen, ce sourd qui écoute,
je crois en Dieu et j'ai foi en sa providence.

Rien donc, non, rien n'a dégénéré chez nous. La France
tient toujours le flambeau des nations. Cette époque est
grande, je le pense, — moi qui ne suis rien, j'ai le droit de le
dire, — elle est grande par la science, grande par l'industrie,
grande par l'éloquence, grande par la poésie et par l'art. Les
hommes des nouvelles générations, que cette justice tardive
leur soit du moins rendue par le moindre et le dernier d'entre eux, les hommes des nouvelles générations ont pieuse-
ment et courageusement continué l'œuvre de leurs pères.
Depuis la mort du grand Goëthe, la pensée allemande est
rentrée dans l'ombre; depuis la mort de Byron et de Walter
Scott, la poésie anglaise s'est éteinte; il n'y a plus à cette
heure dans l'univers qu'une seule littérature allumée et vi-
vante, c'est la littérature française. On ne lit plus que des
livres français de Pétersbourg à Cadix, de Calcutta à New-
York. Le monde s'en inspire, la Belgique en vit. Sur toute
la surface des trois continents, partout où germe une idée
un livre français a été semé. Honneur donc aux travaux des
jeunes générations! Les puissants écrivains, les nobles poëtes,
les maîtres éminents qui sont parmi vous, regardent avec
douceur et avec joie de belles renommées surgir de toutes
parts dans le champ éternel de la pensée. Oh! qu'elles se
tournent avec confiance vers cette enceinte! Comme vous le
disait il y a onze ans, en prenant séance parmi vous, mon
illustre ami M. de Lamartine, *Vous n'en laisserez aucune
sur le seuil!*

Mais que ces jeunes renommées, que ces beaux talents,

que ces continuateurs de la grande tradition littéraire française ne l'oublient pas; à temps nouveaux, devoirs nouveaux.
La tâche de l'écrivain aujourd'hui est moins périlleuse qu'au-
trefois, mais n'est pas moins auguste. Il n'a plus la royauté à
défendre contre l'échafaud comme en 93, ou la liberté à
sauver du bâillon comme en 1810; il a la civilisation à pro-
pager. Il n'est plus nécessaire qu'il donne sa tête, comme
André Chénier, ni qu'il sacrifie son œuvre, comme Lemercier; il suffit qu'il dévoue sa pensée.

Dévouer sa pensée, — permettez-moi de répéter ici solen-
nellement ce que j'ai dit toujours, ce que j'ai écrit partout, ce
qui, dans la proportion restreinte de mes efforts, n'a jamais
cessé d'être ma règle, ma loi, mon principe et mon but; —
dévouer sa pensée au développement continu de la sociabilité
humaine; avoir les populaces en dédain et le peuple en
amour; respecter dans les partis, tout en s'écartant d'eux
quelquefois, les innombrables formes qu'a le droit de prendre l'initiative multiple et féconde de la liberté; ménager
dans le pouvoir, tout en lui résistant au besoin, le point d'appui, divin selon les uns, humain selon les autres, mystérieux
et salutaire selon tous, sans lequel toute société chancelle;
confronter de temps en temps les lois humaines avec la loi
chrétienne et la pénalité avec l'Évangile; aider la presse par
.le livre toutes les fois qu'elle travaille dans le vrai sens du
siècle; répandre largement ses encouragements et ses sympathies sur ces générations encore couvertes d'ombre qui
languissent faute d'air et d'espace, et que nous entendons
heurter tumultueusement de leurs passions, de leurs souf-
frances et de leurs idées les portes profondes de l'avenir;

verser par le théâtre sur la foule, à travers le rire et les
pleurs, à travers les solennelles leçons de l'histoire, à travers
les hautes fantaisies de l'imagination, cette émotion tendre
et poignante qui se résout dans l'âme des spectateurs en pitié
pour la femme et en vénération pour le vieillard ; faire pénétrer la nature dans l'art comme la séve même de Dieu ; en
un mot, civiliser les hommes par le calme rayonnement de
la pensée sur leurs têtes, voilà aujourd'hui, Messieurs, la
mission, la fonction et la gloire du poëte.

Ce que je dis du poëte solitaire, ce que je dis de l'écrivain
isolé, si j'osais, je le dirais de vous-mêmes, Messieurs. Vous
avez sur les cœurs et sur les âmes une influence immense.
Vous êtes un des principaux centres de ce pouvoir spiri-
tuel qui s'est déplacé depuis Luther et qui, depuis trois
siècles, a cessé d'appartenir exclusivement à l'Église. Dans la
civilisation actuelle deux domaines relèvent de vous, le domaine intellectuel et le domaine moral. Vos prix et vos couronnes ne s'arrêtent pas au talent, ils atteignent jusqu'à la
vertu. L'Académie française est en perpétuelle communion
avec les esprits spéculatifs par ses philosophes ; avec les esprits pratiques par ses historiens ; avec la jeunesse, avec les
penseurs et avec les femmes par ses poëtes ; avec le peuple par
la langue qu'il fait et qu'elle constate en la rectifiant. Vous
êtes placés entre les grands corps de l'État, et à leur niveau,
pour compléter leur action, pour rayonner dans toutes les
ombres sociales, et pour faire pénétrer la pensée, cette puissance subtile et, pour ainsi dire, respirable, là où ne peut pénétrer le code, ce texte rigide et matériel. Les autres pouvoirs assurent et règlent la vie extérieure de la nation, vous

gouvernez la vie intérieure. Ils font les lois, vous faites les mœurs.

Cependant, Messieurs, n'allons pas au delà du possible. Ni dans les questions religieuses, ni dans les questions sociales, ni même dans les questions politiques, la solution définitive n'est donnée à personne. Le miroir de la vérité s'est brisé au milieu des sociétés modernes. Chaque parti en a ramassé un morceau. Le penseur cherche à rapprocher ces fragments, rompus la plupart selon les formes les plus étranges, quelques-uns souillés de boue, d'autres, hélas! tachés de sang. Pour les rajuster tant bien que mal et y retrouver, à quelques lacunes près, la vérité totale, il suffit d'un sage; pour les souder ensemble et leur rendre l'unité, il faudrait Dieu.

Nul n'a plus ressemblé à ce sage, — souffrez, Messieurs, que je prononce en terminant un nom vénérable pour lequel j'ai toujours eu une piété particulière; — nul n'a plus ressemblé à ce sage que ce noble Malesherbes qui fut tout à la fois un grand lettré, un grand magistrat, un grand ministre et un grand citoyen. Seulement il est venu trop tôt. Il était plutôt l'homme qui ferme les révolutions que l'homme qui les ouvre. L'absorption insensible des commotions de l'avenir par les progrès du présent; l'adoucissement des mœurs; l'éducation des masses par les écoles, les ateliers et les bibliothèques; l'amélioration graduelle de l'homme par la loi et par l'enseignement, voilà le but sérieux que doit se proposer tout bon gouvernement et tout vrai penseur; voilà la tâche que s'était donnée Malesherbes durant ses trop courts ministères. Dès 1776, sentant venir la tourmente qui, dix-

5

sept ans plus tard, a tout arraché, il s'était hâté de rattacher la monarchie chancelante à ce fond solide. Il eût ainsi sauvé l'État et le roi si le câble n'avait pas cassé. Mais, — et que ceci encourage quiconque voudra l'imiter, — si Malesherbes lui-même a péri, son souvenir du moins est resté indestructible dans la mémoire orageuse de ce peuple en révolution qui oubliait tout, comme reste au fond de l'Océan, à demi enfouie sous le sable, la vieille ancre de fer d'un vaisseau disparu dans la tempête !

RÉPONSE

DE M. DE SALVANDY,

DIRECTEUR DE L'ACADÉMIE FRANÇAISE,

AU DISCOURS

DE M. VICTOR HUGO,

PRONONCÉ DANS LA SÉANCE DU 3 JUIN 1841.

MONSIEUR,

Vous avez eu raison de rendre hommage à notre temps et à notre patrie. Les lettres ne peuvent oublier que la France est le seul pays du monde qui les ait traitées à l'égal de la politique, qui les ait constituées, qui leur ait donné des assemblées, des élections, une tribune, de *grands jours*. Où trouveriez-vous ailleurs ce noble prix de vos travaux, une inauguration solennelle, avec cet immense concours, cet

5.

auditoire illustre, et l'enthousiasme qui avait devancé vos paroles, que vos paroles ont confirmé?

Nous concevons que toutes les pensées de la vie publique se soient saisies de vous à ce spectacle. Les intérêts, les problèmes littéraires se sont effacés. Vous avez voulu, quand votre voix se faisait entendre à votre pays pour la première fois, vous placer sous le patronage des plus imposantes renommées, des maximes les plus tutélaires, de tous les sentiments et de tous les souvenirs français. C'est à nous de vous restituer votre cortége naturel, de rassembler autour de vous vos patrons et vos garants véritables : les *Odes, Notre-Dame de Paris, les Rayons et les Ombres,* tant d'ouvrages qui vous ont obtenu, plus qu'à personne dans notre jeune littérature, cette popularité universelle des écrivains français que vous avez rappelée tout à l'heure, et justifiée. Les anciens, pour triompher, s'entouraient des images de leurs ancêtres. Napoléon, Syeyès, Malesherbes ne sont pas vos ancêtres, Monsieur. Vous en avez de non moins illustres : J.-B. Rousseau, Clément Marot, Pindare, le psalmiste. Ici, nous ne connaissons pas de plus belle généalogie. Dès le grand siècle, Racine, à la place où je suis, disait à Thomas Corneille, à la place où vous êtes, que son illustre frère marchait de pair avec les Turenne et les Condé. Cela se disait sous le sceptre de Louis XIV, en présence d'une société toute remplie des grandeurs du rang et de la puissance. Et c'est parce qu'on pouvait déjà parler ainsi, qu'en effet c'était le grand siècle.

A ceux de nous qui, à défaut des inépuisables domaines de la poésie, nous replions sur le champ borné de l'action, vous faites bien de proposer en exemple le ministre vertueux, le martyr dont le nom est si pur, qu'aujourd'hui, à

lui seul, il est un jugement et une condamnation sans appel
sur le temps et le régime qui l'immolèrent. Poëte, cette
grande mémoire de Malesherbes n'est pas votre étoile con-
ductrice. Ce n'est pas à sa lumière que vous avez marché
dans la vie. Ce n'est pas son inspiration qui rayonne dans
vos écrits. Les modèles que les lettres vous demandent d'accepter, à ce jour solennel où elles vous couronnent, c'est
Corneille, Shakspeare, le Dante ; ce sont tous les maîtres
de l'art, sous quelque ciel et sous quelque règle qu'ils aient
vécu.

Quand Napoléon disait, dans les caprices de sa puissance et de son génie, qu'il aurait pris Corneille pour
ministre, sans s'en apercevoir, il faisait comme Richelieu : il
le persécutait. Figurez-vous ce grand homme arraché, pour
nos ambitions, pour nos servitudes, pour nos misères, à
cette autre ambition de donner un théâtre à la France, de
fonder la langue, de marcher, dans le cours des siècles,
le premier entre tous dans sa carrière ! Voyez-vous ce génie
et cette âme antiques contraints de servir le cardinal ou de se
débattre avec la Fronde, au lieu de gouverner souverainement
les Horaces, Cinna, Polyeucte, le Cid ? Non, non ! nous
aurions des drames immortels de moins : est-il sûr que
nous eussions un grand ministre de plus ? Il ne se rencontre
pas de lacune dans la succession de nos politiques illustres,
entre Richelieu, Mazarin et Louis XIV. Songez-vous quel
vide ferait Corneille absent dans les lettres françaises ? —
Et Pascal ! obliger ce grand penseur d'agir au lieu de penser,
ce grand écrivain de délibérer au lieu d'écrire ; condamner
ce sublime esprit à se dépenser au profit de l'heure qui passe
et qui dévore, au préjudice de l'avenir qui rend immortel ce

qu'il adopte! Ah! que les maîtres du monde laissent notre bien où Dieu l'a mis! Et vous, Monsieur, sachez gré aux lettres de se montrer avares et jalouses, de vouloir garder tout entiers ceux qui les honorent.

Sans doute, il peut arriver qu'un double génie rayonne au front de quelques rares privilégiés du sort, qu'aux palmes de la poésie ils joignent celles de l'éloquence, et tracent, pour l'honneur de la patrie, un double sillon de gloire. Ailleurs, la politique s'applaudira de les avoir conquis. Ici, les lettres inquiètes, pour s'associer à leurs triomphes, ont besoin de se sentir assurées de ne les avoir pas perdus.

Nous devons vous le dire, Monsieur: une des choses dont la Compagnie vous a tenu compte, un mérite qui ne vous était pas contesté, c'était l'indépendance et la fidélité de votre vie littéraire. Tous, nous avons su gré à un jeune homme, doué des plus riches dons de la Providence, d'avoir courageusement défendu sa vocation et sa destinée de poëte contre toutes les séductions de l'ambition politique, tous les entraînements de l'esprit de parti, tous les mirages de notre vanité, si facilement abusée sur notre mission et notre puissance. Nous vous avons vu, homme de lettres avant l'âge d'homme, poursuivre et obtenir, à quinze ans, des palmes dans cette enceinte; composer coup sur coup, à cet âge où Voltaire ne méditait pas encore *OEdipe,* vos premiers poëmes, qui vous valurent ce nom d'*enfant sublime* où le mot d'enfant était de trop; publier, à dix-huit ans, votre premier recueil lyrique, qui n'a pas été surpassé, même par vous; et, depuis lors, pendant vingt années, ajouter sans repos les productions aux productions, toujours éclatant, souvent heureux; inégal, mais supérieur; à la fois original et varié; poussant la passion littéraire jusqu'à l'esprit de secte, l'ambition littéraire jusqu'à l'emploi de chef de parti avec tous ses périls; déjà célèbre, à peine dans la maturité de votre âge, et en possession d'un rare privilége : c'est qu'au jour où l'Académie vous appelle, en présence d'un public longtemps plus impatient pour vous que vous-même, ce n'est pas son choix qu'elle aurait à justifier, suivant le vieil usage; ce seraient ses retards, si vous-même ne l'aviez fait pour nous, en donnant aux lettres, entre deux candidatures, ce volume des *Rayons et des Ombres*, brillant et pur reflet de vos premières illuminations.

Voilà vos titres, Monsieur. Ils vous désignaient pour successeur de cet autre poëte éminent et fidèle, qui, dans sa longue carrière, ne demanda qu'à la littérature l'influence et la gloire. Il ne put se préserver des orages : il se préserva du pouvoir et des honneurs. Et ce n'est pas qu'il fût de ces esprits spéculatifs, inquiets ou incertains, qui vivent loin du monde réel, n'ayant pour patrie que le champ de la pensée. Que dire à tout ce public qui l'a connu, qui l'estima, de cette âme que deux sentiments dominèrent, la passion de la justice et l'amour de l'humanité? de ce caractère qui, pendant tout un demi-siècle où les institutions, les partis, les hommes se sont précipités, broyés, confondus, resta immuable et pur? de cette carrière littéraire qui, toute marquée qu'elle fût par un succès, le plus grand de l'époque, et liée à la renaissance des lettres et de l'art parmi nous, après le moyen âge révolutionnaire, se distingue par cette gloire que le renom de la vertu y efface encore celui du talent? de ce poëte auquel échurent, et qui accepta simplement, sans éclat, les deux plus rares distinctions de notre temps, l'amitié de Bonaparte, l'inimitié de Napoléon? de ce citoyen qui, de son intimité avec le maître

de la France, ne retira que l'honneur de l'avoir rompue ; qui,
de sa chute, retira ceci : « Vous avez longtemps désiré, dit-il
« à M. de Talleyrand, que je vous demandasse quelque chose.
« Le moment est venu : nous avons souvent pensé ensemble
« que la cause des proscriptions sanglantes de l'histoire, c'est
« la confiscation. Dans la charte que vous préparez, abolissez-
« la. » Et quelques jours après, M. de Talleyrand lui disant :
« Êtes-vous content de moi ? — Oui, car l'honneur ne sera
« qu'à vous, et la joie intérieure est à nous deux ! »

Les âmes supérieures ont presque toujours été trempées
dans les épreuves. Népomucène Lemercier se trouva, dès
le berceau, aux prises avec une de ces luttes intimes qui
abattent les natures vulgaires, qui fortifient et qui élè-
vent toutes les autres. A trois ans, l'accident le plus simple
était venu flétrir toute l'existence brillante qui paraissait l'attendre : il tomba, et quand on vint le relever,
tout un côté du corps se trouvait frappé de mort sans
retour. Aux tortures par lesquelles l'art fit passer son enfance, pour essayer sans succès de ranimer cette moitié de
lui-même qui ne devait pas revivre, il joignit le long travail
de sa volonté pour y suppléer. Il sut se rendre habile à tous
les exercices, même au maniement des armes, indispensable à
ses passions et à son courage. Cette gymnastique de l'âme et
du corps tendit les ressorts de son caractère et de son
intelligence. Elle explique à la fois ce qu'il eut de précoce,
de militant, d'opiniâtre, j'ajoute : d'excellent. Car, chez
les âmes vraiment élevées, l'épreuve de la douleur vaincue
développe, à côté des dons de la force, la bonté du cœur,
la générosité, le dévouement qui les font aimer.

Vous avez parlé de *Méléagre*. A quinze ans, vous faisiez

des odes ; Lemercier, des tragédies. La reine voulut qu'on
jouât *Méléagre*. La reine voulut y assister. La reine voulut
faire jouir le poëte adolescent, dans sa loge, d'un succès
dont elle ne doutait pas, et qui, en effet, répondit à ses vœux.
La reine, enfin, quand on demanda l'auteur, le fit présenter
par madame de Lamballe, sa marraine, au public charmé,
qui voulut que la princesse embrassât le jeune lauréat,
ce qu'elle fit de bonne grâce au milieu des transports de
l'assemblée. Que devint-il dans un tel moment? la grandeur, la beauté, le public, toutes les puissances, le comblant
de leurs faveurs à la fois, il fut étourdi sans doute de son succès,
enivré de sa fortune? Ce qu'il fit, le voici : l'enfant jugea ce
succès de cour de mauvais aloi. Il récusa des applaudissements
dont la reine de France avait donné le signal. Faisant, pour
commencer, de l'opposition contre lui-même, il retira inexo-
rablement sa pièce, qu'on a pu railler plus tard, qu'on n'a pas
connue : il la détruisit, et, se plongeant tout entier dans
l'étude des lettres antiques, il se prépara, par de mâles
travaux, à des succès qui fussent légitimes, même à ses yeux.

L'homme qui s'était ainsi vaincu lui-même de toutes les
manières, qui avait discipliné, courbé sous le joug les par-
ties mortes de son corps, et l'orgueil, cette partie vive de
l'âme, cet homme ne devait accepter aucun joug, éviter aucun
adversaire. Napoléon ne fut pas son premier duel; il en eut
un autre auparavant, plus hardi encore. La révolution avait
promené la hache sur toute cette société si éclatante, si fri-
vole, si admirable à mourir, au milieu de laquelle il avait
grandi; il vit tomber jusqu'à l'obscur précepteur de son enfance. Toutes les douleurs, toutes les colères sillonnaient
son âme. Les pensées de Charlotte Corday y descendirent.

6

C'est alors qu'il lui arriva d'assister aux séances de la
Convention. Il était là, pâle, immobile, muet. Ses com-
pagnes de spectacle l'appelaient *idiot,* à ce silence désespéré de l'indignation qui se sent impuissante, du courage
qui se voit enchaîné. Vous l'avez cru fasciné, Monsieur!
Comment ce ferme esprit l'eût-il été, dans le lieu où
il voyait les lois, suivant sa belle expression (les lois di-
vines et humaines!), mises hors la loi? Par les orateurs! vous
avez oublié qu'il n'y en avait plus : la Convention, au
31 mai, sur l'ordre des clubs, les avait livrés à l'échafaud.
Ensuite, il se fit un long silence, à peine interrompu par
la voix du motionnaire, venant, pour obéir à la passion
régnante, la terreur souvent, une modération sanguinaire
quelquefois, commander à l'assemblée de se déchirer le flanc
elle-même, d'envoyer ses membres, par charretées de soixan-
taines, à la place de la Révolution, et trouvant toujours une
majorité, quel que fût l'étendard, parce que proscrire aujourd'hui encore, c'était une chance de vivre jusqu'au lendemain. Les écrits de Lemercier l'attestent : à aucune époque
de sa vie, il n'aurait fallu lui parler de la grandeur de cette
époque servile et abominable. Il n'admettait pas qu'en s'en-
tassant, les crimes se grandissent. Il n'eût pas fallu davantage
tout rejeter sur le compte de Dieu, qui ne commande pas
tout ce qu'il permet; argument, d'ailleurs, plein de péril,
vous eût-il dit ; car il risquerait de diviniser toutes les
passions humaines, et d'ériger en pontifes du ciel tous les
oppresseurs des hommes! Enfin, vous l'auriez vu, comme
nous, se soulever contre cette excuse, trouvée après coup,
des attentats révolutionnaires provoqués par les périls de la
France, et justifiés par son salut. Il vous eût montré, dans

la campagne de 1792, nos armées, dernier legs de la monarchie expirante, faisant une sortie victorieuse par toutes nos frontières, poussant l'élan de Valmy et de Jemmapes jusque sur l'Escaut, le Rhin et les Alpes, débordant à la fois dans les champs de la Hollande, de l'Allemagne, de l'Italie ; et, tout à coup, aux premiers jours de 1793, cet essor glacé sous le vent de nos crimes, nos armées épouvantées, non du dehors, mais du dedans, la fortune de la France en quelque sorte affaissée dans la stupeur publique, les Alpes et le Rhin repassés, le Palatinat, la Belgique, la Savoie, reperdus plus vite qu'ils n'avaient été conquis, notre territoire même, la Flandre et le Roussillon, l'Alsace et le Béarn, tombant au pouvoir de l'étranger, partout, en quarante jours, l'horreur et l'invasion, comme auparavant nous avions partout la victoire. Cela dure quatorze mois. Il fallut tout ce temps, et des levées de quatorze cent mille hommes, pour qu'un homme qu'aima Lemercier, homme obscur, grâce à Dieu, dans les annales de la proscription, éclatant dans celles du patriotisme, Carnot, parvînt, dans la solitude de son génie, à réorganiser la victoire, à préparer les représailles de Fleurus. Il fallut six années, remplies de travaux héroïques, pour regagner tout le terrain qu'une seule nous avait fait perdre. Non, non! n'essayons pas d'attacher à cette funeste année 1793 une auréole de gloire. Elle n'a rien conquis. Elle n'a point vaincu. Dieu n'a pas permis qu'à côté des crimes, elle comptât autre chose que des malheurs. Voilà l'histoire! Les lettres, qui, dans leur région sereine, n'ont à flatter aucune passion et aucun régime, doivent à ce peuple libre qui nous écoute, la vérité sur une époque, où il n'y eut de sublime rien que des victimes, rien d'auguste

6.

qu'un échafaud, rien de surnaturel que la cruauté ; où les pouvoirs, en se déplaçant, se dégradèrent ; où une assemblée, pour avoir voulu être unique et souveraine, servait, au lieu de régner, et, avant d'imposer la terreur, la subissait. Vous avez peint cette demi-obscurité, ces ténèbres bien plutôt qui s'abaissèrent sur les esprits comme sur les consciences, quand un peuple en délire, qui dressait des autels à la Raison, se mit à détruire tout ce qui fait l'honneur des nations civilisées et l'orgueil de l'esprit français, les arts, les monuments, les souvenirs, l'histoire, la langue même, proscrite pour inaugurer, à sa place, vous savez quelle langue grossière et barbare. Ajoutons le nom de la liberté profané dans ces tyrannies sauvages. Vous comprendrez tout ce qui soulevait l'âme de votre prédécesseur. A la longue, son indignation se fit jour enfin. Il lança aux tyrans un audacieux défi, la comédie du *Tartufe révolutionnaire,* qu'ils se hâtèrent de proscrire, et l'auteur avec l'ouvrage. Mais le titre reste. Il dit le jugement de cet esprit indépendant sur le temps et sur les hommes. Et, par ce jugement, il ne crut pas infirmer la gloire de la France. La gloire de la France est de désavouer des souvenirs qui corrompraient les générations présentes et qui blessent le genre humain. La gloire de la France est de n'avoir pas désespéré d'elle-même dans ces extrémités ; de s'être héroïquement défendue contre l'étranger, quand elle ne pouvait se défendre contre l'échafaud ; d'avoir vu jaillir de son sein tant de soldats intrépides, tant de capitaines victorieux, tant de citoyens qui savaient mourir, et des poëtes qui savaient protester. La France était partagée entre plusieurs classes d'hommes : les proscripteurs, les martyrs, nos soldats. Paix aux premiers, honneur à tous les autres !

Sans doute, il s'est vu, dans notre histoire, une assemblée sublime par l'éloquence et le génie, auguste par la puissance, alliant au talent la vertu, à la puissance le courage, qui osa clore le vieil ordre social, qui voulut fonder le nouveau. Elle le fondait sur la justice absolue, sur l'égalité civile, sur la dignité humaine, faisant des fautes assurément, en faisant d'immenses, mais par inexpérience d'esprit et de cœur, par amour de l'humanité, par désintéressement, par vertu. Représentation admirable de la France, rassemblant toutes les illustrations et tous les talents, elle ne statua pas seulement pour la France, elle statua pour le genre humain. Il ne se fera pas dans le monde une conquête civile qui ne date de ses créations. Les principes qu'elle promulgua au milieu des foudres et des éclairs, sont les codes de l'avenir. Celle-là peut se louer, à propos surtout de Lemercier qui se montra, toute sa vie, fidèle à ce premier culte de sa jeunesse. C'est elle qui est le point culminant de notre histoire entre Louis XIV et Napoléon. On dirait le Sinaï des libertés humaines, qui s'était formé, comme les montagnes, par un de ces soulèvements qu'accompagnent de grandes commotions, mais du moins pour laisser aux hommes un point d'appui immense et un magnifique spectacle.

Faut-il savoir gré à l'ère conventionnelle de la tragédie d'*Agamemnon?* Cet ouvrage, au lieu d'être une réminiscence, ne serait-il pas bien plutôt une protestation, Monsieur? Ne devons-nous pas y voir la révolte d'un noble esprit contre le langage, contre les idées, contre les hommes qui venaient de régner? Vous avez, en juge compétent, caractérisé vous-même cette sévérité de formes, cette simplicité d'ordonnance et de style, l'élévation sans faste, le na-

turel sans rudesse, une couleur antique répandue sur tout
l'ouvrage. Il y a de la terreur, mais elle vient des passions;
il y a de la fatalité, mais c'est bien la fatalité grecque, celle
qui n'exclut pas les dieux. Ce n'est point là l'école révolutionnaire. Je sens Eschyle partout, Danton nulle part. Et
n'est-ce pas ce qui rendit le succès immense ? Il y avait, sous
le Directoire, une étrange contrariété entre les gouvernants,
qui se rattachaient de toute leur puissance au principe révolutionnaire, origine et sanction de leur pouvoir, et la France,
qui, échappée des serres de la terreur, remontait avec trans-
port à toutes les jouissances des sociétés policées, le monde,
les lettres, les arts. La France applaudissait dans l'œuvre de
Lemercier le réveil des études antiques, le rétablissement des
plaisirs de l'esprit, comme elle salua la venue du jeune conquérant qui venait s'offrir à ce peuple, artisan de tant de
destructions, les mains toutes pleines des chefs-d'œuvre de
l'Italie. Le Directoire céda au torrent, en couronnant, avec
une pompe antique et républicaine, le héros au Luxembourg,
le poëte au Champ de Mars. Sans s'en apercevoir, des deux
côtés, il abdiquait.

   Le Consulat était une telle délivrance qu'il ressemblait à
la liberté. Lemercier même s'y trompa. Il aimait Bonaparte,
parce qu'il l'admirait. Cette époque fut la plus belle de leur
vie à tous deux. Napoléon était dans toute la fécondité de son
génie et de sa puissance. Il constituait de sa main tutélaire
le nouvel ordre social. Il y introduisait la règle, l'obéissance,
le respect, en y maintenant l'enthousiasme. Il relevait les
autels. Il restaurait les monuments et les institutions. Il
érigeait à Turenne ce tombeau près duquel un jour, après
toute l'Iliade de ses batailles, après toute l'Odyssée de ses

exils, il devait venir reposer, soldat auprès du soldat, victorieux auprès du victorieux. Lemercier, le cœur et l'esprit contents, se sentait plus que jamais inspiré. Il venait de donner *Pinto*. Il composait *Charlemagne*. Il publiait plusieurs poëmes, les *Quatre métamorphoses*, imitation trop fidèle de l'antiquité ; *Homère, Alexandre, Moïse*, trilogie philosophique où la haine de l'anarchie respire ; *Ismaël au désert ;* les *Ages français*, gracieuse épopée dont les quinze chants célébraient les quinze siècles de notre histoire. Tous ces ouvrages étaient empreints des mêmes sentiments et des mêmes idées qui gouvernaient le Consulat. C'était la pente générale des lettres ; elles prenaient leur revanche contre l'anarchie, en proclamant en littérature les anciennes formes, en politique les anciens temps ; si bien que Lemercier se vit un jour débordé par le public et par Napoléon. L'un se soulevait contre *Christophe Colomb*, par scrupule pour l'unité de lieu ; l'autre rétablissait, pour s'y asseoir, le trône de Louis XIV et de Charlemagne. Depuis longtemps, ce trône apparaissait dans les effusions inquiètes de la Malmaison et de Saint-Cloud, comme une barrière fatale. C'était la première fois qu'une amitié allait se briser à un semblable écueil.

Lemercier, qui était un homme de 1789, et qui l'est resté toujours, avait, en fait de monarchie aussi bien qu'en fait de liberté, des idées inconciliables avec l'empire. Il acceptait, comme une trêve heureuse, la suprême magistrature de son égal. Il n'acceptait pas sa royauté. Il n'y croyait pas. Le sacre même de la religion et celui de la victoire ne lui imposaient point. Comme il était sans ambition et sans peur, rien ne trompait son bon sens. On ne sait pas combien le désintéressement rend facile de lire dans l'avenir ! Il y lisait. C'est dans toute la sérénité de son jugement aussi bien que de son courage, qu'il disait à Napoléon, maître du monde, ce magnifique mot : J'attends !

Sans doute, Monsieur, la France alors offrait un grand spectacle. Elle remplissait le monde, et un homme la remplissait. Mais Lemercier se demandait si ce n'était pas une fausse et périlleuse grandeur, que celle où un homme absorbe en lui toutes les forces de quarante millions d'hommes, où il resplendit de toutes les richesses de l'empire. Il pensait que la gloire, faite de tels matériaux, est prise sur la dignité des peuples, et contient dans la même mesure l'éclat et la fragilité. Vous avez redressé le colosse au milieu de nous. Vous l'avez revêtu de toutes ses pompes. Vous nous l'avez montré, dans toute la magic de ses défaites de peuples, de ses créations de rois, de ses constitutions de fiefs guerriers. Lemercier demandait quelle était la condition de ce régime : le silence partout ; le succès toujours ! Vienne un jour où la fortune fatiguée refusera le succès à un bout de l'Europe : tout chancellera. Les nations que Napoléon a vaincues se lèveront en armes. Les rois, qu'il a faits, ceux même de sa famille peut-être, déserteront, avant de tomber. Les dynasties, dont ses décrets ont *affirmé la chute,* lui donneront le démenti de leur restauration, du vivant de son pouvoir. De toutes parts, enfin, apparaîtront ces plaies cachées que Lemercier signalait déjà dans l'entretien historique de Saint-Cloud : la colère courant dans les veines de peuple à peuple ; la conquête du monde aboutissant à l'invasion, le pouvoir absolu à la solitude ; la France reculant, pour prix de tous ses sacrifices, du Rhin où Napoléon l'avait prise, jusqu'à ces

vieilles frontières, où la révolution entendait ne la point
laisser.

Lemercier soutint sans plainte et sans faste l'hostilité
du chef de l'Empire. Ses vertus étaient simples, parce
qu'elles ne lui coûtaient pas. Mais quelle misère que,
Napoléon devenu maître du monde, Lemercier voie toutes
les amertumes empoisonner sa vie; qu'incrédule envers
l'empereur, il doive marcher de revers en revers, comme
l'empereur de triomphes en triomphes; qu'il finisse par
être attaqué jusque dans les débris de sa fortune! Il fut
réduit un moment à vivre avec dix-sept sous par jour, et
ses amis même l'ignorèrent : il était de ces hommes qu'on
croit toujours riches, parce qu'ils sont dignes. Interdit du
théâtre, il s'était jeté dans les sciences et avait composé
l'*Atlantiade;* pauvre, il monta dans la chaire de l'Athénée,
et dota les lettres françaises de ce *Cours de littérature,* qui
est un des plus beaux monuments que la science de l'antiquité ait élevés parmi nous.

Disons la vérité. Il y a une habitude matérialiste de nos
idées et de notre langage qui consiste à mesurer la grandeur
des gouvernements à la grandeur du silence qu'ils ont fait
autour d'eux. Nous les admirons, à notre propre insu, de n'a-
voir rien souffert, c'est-à-dire d'avoir eu peur de tout. La
Convention abat les dissidents sous la hache. L'Empire,
qui a une puissance et une majesté réelles, se borne, sauf
une fois, à les enchaîner. Combien j'aime mieux la condition actuelle des pouvoirs, qui a été de faire un pas de plus,
de gouverner dans le combat et par le combat même! Je
la préfère pour eux, je la préfère pour mon pays. Proclamons
qu'il y a là une plus réelle grandeur. Et celle-là n'est prise

7

sur personne; elle est le bien et l'honneur de tout le monde.

Ces sentiments étaient ceux de Lemercier ; les luttes dans lesquelles il s'engagea, sous les libertés de la Restauration et sous les nôtres, contre les oppresseurs de la Grèce, contre les factions de la république des lettres, contre les censures théâtrales et politiques, n'apaisèrent aucun de ses souvenirs de la terreur, aucun de ses souvenirs de l'Empire. Comme ses inimitiés tenaient à des principes et non à des intérêts, il n'était pas de ces esprits que la lutte présente réconcilie avec ce qu'ils ont combattu. Dans le feu des journées de 1830, et depuis, avec ses mœurs et son âme républicaines, il écrivit passionnément contre les souvenirs de la République. Plus tard, quand la nouvelle se répandit qu'un prince de France s'apprêtait à faire voile vers Sainte-Hélène, pour délivrer Napoléon captif, et rendre les cendres impériales au sol français, son cœur d'homme et d'ami put s'émouvoir. Son âme de citoyen resta inflexible. L'Académie garde le souvenir de ce jour où elle entendit une proposition de mettre au concours l'Éloge du grand homme. Aussitôt Lemercier de protester de toutes les forces de son âme et de sa parole. Il protesta au nom de la patrie mutilée dans sa liberté, mutilée dans son territoire et sa grandeur. Assurément, ce n'est point là le jugement de l'histoire : car il est incomplet. C'était oublier les travaux du législateur, quand la France en subsiste depuis quarante ans. C'était oublier les victoires du héros, si grandes qu'elles effacent nos revers. Mais, dans des temps superficiels et changeants comme les nôtres, honorons cette rare fidélité à soi-même, cette constance immuable; et, si nous nous rappelons l'universelle commotion excitée par le retour des cendres impériales, nous

admirerons par-dessus tout un don plus rare encore que la
constance, don précieux qui éviterait à l'homme public bien
des fautes, parfois bien des remords : c'est le courage contre le tyrannique monologue d'une opinion dominante. Cette
séance que je rappelle nous est chère et mémorable, Monsieur. C'est la dernière où nous ayons vu au milieu de nous
l'écrivain illustre, le confrère affectueux et sûr, l'honnête
homme qui se faisait aimer de près, comme, à toutes les
distances, il se faisait estimer. Deux jours après, cette vie
exubérante, qui, dans un corps incomplet, avait conservé,
jusqu'à soixante-douze ans, la jeunesse de l'imagination, du
cœur, du talent, s'épuisa tout à coup. Lemercier devait
mourir comme il avait vécu. Sa mort ressembla à une protestation.

Mais, j'ai besoin de le dire, et cela m'appartient : s'il protesta beaucoup, ce fut en ayant de son côté, trop souvent, la
justice et la vérité. L'opposition, chez lui, ne fut ni un caprice de son caractère, ni une maladie de son âme. Il n'était
point de ces naturels chagrins qui sont mécontents de tout,
vice où se cache un secret mécontentement de soi-même.
C'était un esprit sérieux, exact, bienveillant; loin de *que-*
reller le fleuve sur sa source, l'arbre sur sa racine, il avait
accueilli avec confiance quatre grands gouvernements à
leurs débuts; la révolution de 89, le consulat, la restauration, le gouvernement de 1830. Il était facile sur les pro-
grammes, difficile sur l'exécution, et comment nier que
l'exécution n'eût plus d'une fois trompé sa légitime attente?
Ensuite, il est vrai que, rigide et absolu, comme il l'était,
il subissait les inconvénients inévitables de l'éloignement des
affaires : les idées théoriques, la connaissance incomplète des

7.

faits, les jugements injustes par zèle pour la justice. Mais on peut lire ses nombreux écrits ; on y verra invariablement les principes auxquels, jeune, il avait voué sa vie, invariablement le blâme de ce qu'il avait une fois blâmé. Il a pu penser, à un jour donné, de plusieurs de nos gouvernements, qu'ils n'allaient pas, ou n'allaient plus à la taille de la France. Il n'a jamais voulu pour elle *la mode de l'an passé*. On l'a vu quelquefois en avant de son temps ; en arrière, jamais.

Parlerai-je de votre jugement sur ses travaux, Monsieur ? Vous pouviez exprimer toute votre pensée, même sans recourir à des comparaisons auxquelles il ne prétendait pas, et que nous n'avons garde d'exiger pour lui. *Vos précautions conservatoires dans l'intérêt de l'art* ne nous ont frappés que sous un rapport : nous craignons de vous trouver plus sévère que nous.

Sans doute, pourquoi le nier ? les dernières productions de Lemercier ne sont pas toujours empreintes de la grâce facile qui distingue, comme disent les peintres, sa première manière. Sa diction semble moins libre qu'aux époques où sa pensée ne l'était pas. Son style ferait croire que son esprit était comme son caractère, plus à son aise dans l'angoisse et le péril. Il y a de ces natures élevées et fortes qui trouvent la sérénité dans la tempête. Mais à cela près, quelle admirable fidélité, pendant près de soixante ans de travaux, aux intérêts de l'art, aux principes du goût et à ses lois ! Accuserez-vous ses spirituelles comédies, Pinto ou Christophe Colomb, suspectes au parterre du temps, au sujet de l'une des unités ? Lui-même a laissé voir dans une de ses ingénieuses préfaces, que ce genre nouveau de la comédie historique qu'il voulait introduire, enfant d'un pari de sa jeunesse, ne laissait pas que d'éveiller quelque alarme dans sa conscience littéraire. Et ce n'était pas de ses propres témérités qu'elle était troublée : il craignait d'en avoir provoqué de plus grandes.

Vos réserves s'appliqueraient-elles à sa célèbre tentative de l'*Atlantiade*, à cette curieuse épopée qui avait la nature pour héros, la science pour merveilleux, où le poëte a tout imaginé, l'action, le théâtre, et les dieux? Il y a, dans cette fantaisie extraordinaire d'un esprit original et profond, un côté sérieux qui mérite que notre pensée s'y arrête. Lemercier voyait toute machine épique détruite, avec toute foi religieuse, par les dévastations de la philosophie et de son chef,

De l'incrédulité fanatique sectaire (1).

Ne concevant pas, enfant qu'il était lui-même du XVIIIᵉ siècle, qu'on pût proposer au nôtre de revenir au merveilleux du Dante, de Milton, du Tasse, du Camoëns, il imagine de fabriquer cet instrument, qui faisait un aussi grand vide dans la poésie que dans la conscience humaine; pour y réussir, il remonte hardiment à la Théogonie d'Hésiode, il démêle, dans ses formes mythologiques, les éléments de la science orientale, et se met à bâtir sur le même modèle. Étrange faiblesse de cet esprit intrépide, qui ne vit pas que l'Olympe d'Homère était réel et vivant, qu'il comprenait, sous ses formes diverses, la vérité, la providence, ce que l'homme en savait! Qu'était, au contraire, l'Olympe scientifique de

(1) Lemercier, *Poëme d'Homère.*

Lemercier? Un aveu de notre solitude, quand nous avons fait le ciel désert; de notre épouvante, quand nous nous en apercevons; de notre impuissance, quand nous voulons le remplir. Dans la fable grecque, Deucalion remue des pierres et fait des hommes; Lemercier s'y prenait de la même manière pour faire des dieux : il échoua.

Applaudissez-vous, Monsieur, d'être venu à une époque où le problème qui tourmenta cette noble intelligence était résolu. Les incertitudes de la raison et de la conscience avaient cessé : l'esprit humain était revenu, comme l'enfant prodigue, s'asseoir à la table paternelle. La France avait suivi la pente des restaurations impériales jusqu'aux anciennes croyances, en même temps qu'aux anciennes races, espérant se reposer, avec toutes ses conquêtes, à l'ombre de jeunes et royales libertés. Vous trouviez, coulant à pleins bords, les trois sources de toute poésie, la liberté, la foi, la tradition. Au premier jour de ce régime, trois jeunes hommes parurent, de ces hommes qu'une même génération a rarement réunis, le chantre des *Messéniennes,* celui des *Méditations*, et vous, Monsieur : l'un qui disait les douleurs du patriotisme vaincu : l'autre, les malaises sublimes de l'imagination et de la conscience libres; le troisième, c'était vous, les souvenirs et les vœux de la France monarchique et religieuse : admirable littérature, qui se montrait tout ensemble antique par le goût, française par le cœur, chrétienne par le sentiment et la pensée! C'est l'honneur de la restauration de vous avoir produits tous trois; c'est l'honneur de nos institutions de vous avoir tous trois conquis.

Que vos chants étaient nobles et purs! En les relisant, on

s'étonne que, si jeune, il vous ait été donné d'unir la fermeté
de la pensée à la simplicité de la diction, d'animer la strophe
majestueuse de l'ode des émotions politiques ou des sentiments intimes qui occupaient votre âme, en parlant, comme
la langue naturelle de votre esprit, la meilleure langue poétique de nos deux grands siècles littéraires. Le poëte lyrique
semble un être *choisi*, dans cette noble famille de penseurs
inspirés, que nous nommons les poëtes. Pour les modernes,
qui ne la chantent pas, l'ode doit être un chant encore. Il
faut qu'elle en ait à la fois le mouvement et la régularité.
On exige d'elle plus d'essor dans des chaînes de plus; plus
d'émotion et plus d'enthousiasme avec plus de souplesse
pour échapper à plus d'entraves. Aussi ne se rencontre-t-il
qu'un ou deux poëtes lyriques par littérature. Il y faut le
cœur qui sent, l'âme qui veut, les événements qui inspirent,
les temps qui permettent ou qui conseillent. Le poëte a
besoin de se sentir en communication avec ses contempo-
rains. Ce ne sont pas ses passions solitaires qu'il exprime, ce
sont les leurs. Il porte en soi leurs convictions, leurs
croyances; et, ensuite, vient ce don d'en haut, cette langue
de feu qui descend sur le front des rares élus du ciel. Tout
cela, vous l'aviez. La France, qui était loin de répondre tout
entière à votre voix, reconnut en vous le poëte lyrique. Et,
dans tout ce que vous avez publié depuis, les *Feuilles d'au-
tomne,* les *Voix intérieures,* les *Chants du crépuscule,* les
Orientales, votre dernier Recueil, vous avez prouvé que,
quand il vous plaît, vous pouvez le redevenir.

Vous étiez destiné, dans vos opinions et vos travaux, à des
vicissitudes qu'explique le double génie qui veilla sur votre
enfance. Fils d'une mère vendéenne et d'un soldat glorieux

de l'Empire, élevé dans les croyances maternelles en même temps que dans les agitations de la vie militaire, parmi les noirs rochers de l'île d'Elbe, les scènes sauvages de la Calabre, le drame terrible de l'insurrection espagnole, il y eut deux esprits et deux directions en vous. Votre illustre père avait dit : « L'enfant a les opinions de sa mère, l'homme aura celles de son père. » La prédiction s'accomplit rapidement. Des anciennes gloires, vous en vîntes à chanter et à défendre les nouvelles; celles-ci vous donnèrent à la liberté.

C'est en présence de la Restauration, je me hâte de l'ajouter, que ce changement s'accomplit en vous. Mais vous avez eu bien raison, depuis, en opposant vous-même, dans un de vos livres, au *Jacobite de* 1820, le *Révolutionnaire de* 1830, de ne désavouer rien de ce que vous avait dicté la première influence qui vous domina. Elle fut bonne à votre gloire. On sent partout, dans la forme, l'empreinte de vos récentes études grecques et latines; partout, dans l'inspiration, le souffle d'une mère. En remontant le cours de vos écrits, on dirait de ces eaux vives et abondantes qu'on trouve toujours plus pures et plus limpides, à mesure qu'on approche de leur source. Le temps, lorsqu'il vous entraîna, sembla remuer dans le torrent toute cette sombre et orageuse part des impressions de votre enfance. Plusieurs ouvrages, à effets terribles, en sortirent. A cette époque, tout parut changer en vous, non-seulement les opinions, mais les croyances, les formes, les modèles. Ce second période de votre carrière littéraire eut pour modèle le moyen âge, pour forme le drame; il a semblé quelquefois avoir pour croyance le terrible mot inscrit sur le frontispice de Notre-Dame de Paris.

Par une dispensation heureuse et singulière, tandis que, dans la politique, vous vous élanciez en avant avec l'ardeur de votre âge et du temps, vous vous attachiez, dans vos études, au passé de la France, avec une croissante admiration. Une observation curieuse, attentive, passionnée, vous faisait découvrir, dans le trésor de nos traditions, des merveilles oubliées ou méconnues. Le moyen âge, grâce à vous, n'a jamais été si populaire que depuis 1830. Les lettres, la langue, les arts vous frappaient à un égal degré. On ne saurait nier que votre langue si riche, que votre pensée si féconde n'aient puisé à cette source des forces de plus. Vous avez, d'un autre côté, rendu un service dont les lettres aiment à vous remercier, en leur nom et au nom des arts. Vous avez remis en honneur nos vieux monuments. Personne n'a, plus que vous, instruit nos générations à comprendre et à respecter ces pages séculaires de la vie des nations. En cela, vous avez fait école glorieusement. C'était le temps où vous preniez le nom de révolutionnaire. Erreur, Monsieur: vous recommandiez le respect du passé. Vous étiez séparé par un abîme de la cause à laquelle vous pensiez appartenir.

C'est parmi toutes ces préoccupations que vous avez abordé le drame. Vous l'avez revêtu de ses deux formes principales, le roman et le théâtre. Votre théâtre, remarquable à beaucoup de titres, et notamment par une rare puissance d'effets dramatiques, est encore trop récent, et, si on peut parler ainsi, trop contemporain, pour être jugé sous le rapport des principes littéraires, des règles, du style, de tout ce qui a été si vivement controversé pendant quelques

8

années. Ce que je puis proclamer, c'est que personne n'a mieux que vous caractérisé l'influence que doit se proposer cette éloquente prédication par la parole et par l'action, qu'on appelle l'*art scénique*,... ou (pour employer un mot, au fait, plus français) l'art théâtral. Vous avez écrit cette belle maxime, que *le poëte a charge d'âmes*. Vous avez condamné hautement cette tragédie philosophique, *qui bat en brèche une société, dont les ruines l'enterreront*. Vous avez prescrit à l'art de chercher *non-seulement le beau, mais le bien*, et vous venez de professer de nouveau ces maximes. On ne pouvait placer le but plus haut. Pour l'atteindre, on vous a vu, plusieurs fois, transporter sur la scène ce respect pour la vieillesse, cette sollicitude pour la femme, cette pitié pour le faible et le déshérité, qui sont tout ensemble de nobles sentiments du cœur et des ressorts puissants de l'art. Mais n'avez-vous pas uniformément procédé sous l'empire d'une pensée ingénieuse, nouvelle, périlleuse? Jusqu'à ce jour, le poëte avait paru concevoir ses personnages comme des types formels; le caractère qu'il leur avait donné, était un et simple. Il retraçait en eux une passion dominante, qui les distingue, qui efface tout le reste. Je dois le reconnaître, ce n'était point la vérité positive, celle du monde réel. Là, les oppositions sont fréquentes. La vertu n'exclut pas une part des imperfections humaines; le crime n'est pas inaccessible à quelques-uns des sentiments intimes de l'homme; la grandeur s'est vue, jointe aux bassesses de l'âme; avec la bassesse des situations, se rencontre la dignité du caractère ou même l'élévation de l'esprit. C'est cette vérité pratique dont vous avez fait votre machine dramatique. Vous avez cherché, vous avez trouvé des émotions profondes, dans ces contrastes, dans ces accouplements du bien et du mal, naturels et inattendus; possibles, mais redoutables. Un péril, en effet, que vous n'aviez pas prévu, c'était que l'auditoire continuât à voir des types, malgré vous-même, quand vous présentiez des accidents, qu'il généralisât les caractères développés devant lui, de sorte que la grandeur resterait flétrie dans sa pensée, la vertu amoindrie, le bien et le mal confondus. Ainsi, la société, que vous entendez instruire et défendre, serait sapée par l'instrument de ses plus nobles plaisirs. Et dès lors, un esprit attaché au vrai comme le vôtre, ne serait-il pas amené à conclure qu'il y a quelque part une loi essentielle du théâtre, qui donnerait raison à la vérité de convention contre la vérité matérielle, raison à vos devanciers illustres contre vous?

Notre-Dame de Paris marque le point culminant de cette carrière nouvelle que je signale. Il est une louange après laquelle toute autre est superflue. C'est le succès, un succès universel et populaire de dix années. Dire qu'il a fallu le plus rare talent de peindre et de raconter, pour intéresser puissamment à un tableau empreint de tant de tristesses; admirer la connaissance minutieuse de l'époque, la fidélité inépuisable des mœurs et du langage; remarquer dans le style cette souplesse vigoureuse qui se relève et s'abaisse, descendant, quand il vous plaît, jusqu'au ton des régions les plus grossières d'un ordre social si grossier encore; célébrer cette intelligence profonde des intérêts et des passions qui fait du romancier un philosophe, comme l'action peut en faire un poëte épique, ce seraient là des éloges qui se sont, en quel-

8.

que sorte, usés sur *Notre-Dame de Paris*, et qu'à bon droit vous trouveriez vulgaires.

J'aime mieux signaler une belle action dans un beau livre. Tandis que les flots soulevés de la multitude battaient en ruine nos basiliques, vous avez eu cette gloire de protester pour leur défense, en poëte et en penseur : vous avez concouru à arrêter à leurs pieds le mouvement qui entraînait les esprits. Il faut vous en savoir gré, d'autant plus qu'on croit sentir dans toute votre composition quelque chose des orages populaires qui grondaient alors. Vous prenez parti pour un grand monument de la main des hommes ; vous faites peur pour la société, ce vieux monument de la main de Dieu. Quel peuple que celui de la Cour des miracles ! quelle jeunesse que Jehan et ses pareils ! quelle bourgeoisie que Gringoire ! quelle magistrature que Barbedienne ! quelle noblesse que Châteaupers ! quel clergé que Frollo ! quel roi que celui qui régnait ! Ailleurs, vous tirez de l'association des vertus et des vices vos effets les plus terribles. Ici, l'effet terrible jaillit du problème philosophique que vous vous êtes proposé : le spectacle de la solitude de chacune des facultés humaines, et celui d'une imagination de femme ayant son choix à faire, quand vous avez donné à celui-ci, la volonté ; à celui-là, le cœur ; à un autre, l'esprit ; à un autre, la beauté : du reste, rien ! Phœbus, sans pensée ni sentiment ; Frollo, sans cœur et sans foi ; Gringoire, sans conscience et sans courage ; Quasimodo, monstre idéal, bête fauve qui sait aimer. Vous vous jouez avec un art incomparable de tous ces ressorts exorbitants et incomplets. Mais où est l'homme dans tout cela ? Ne dirait-on point un cercle du Dante, un désert peuplé de fantômes humains ?

Restent les deux objets de votre prédilection et de la nôtre :
la Esméralda, ravissante enfant de votre imagination,
qui seule ferait vivre l'ouvrage; et cette vieille cathédrale,
aïeule vénérable de tous nos monuments, à qui vous avez res-
titué avec amour toutes les magnificences dont l'orna la
foi de nos pères... La Esméralda ne serait-elle pas aussi une
forme, un caprice, un songe, l'ombre gracieuse d'une femme,
rien de semblable en réalité à la compagne et à l'inspi-
ratrice de l'homme, aux deux femmes que vos odes recon-
naissantes nous ont fait aimer? Entre la passion, l'esprit, le
dévouement, la beauté, c'est la beauté inerte et vide qu'elle
choisit. Elle ne comprend rien de tout le reste. Elle ne répond
qu'au casque et aux éperons d'or. J'en appelle à toutes les femmes qui m'entendent, n'est-on pas près de supposer que, dans
votre pensée, comme Ondine, cette autre création charmante,
elle est sans âme. La cathédrale, de son côté, semble être
sans Dieu! L'art s'y montre, s'y déploie avec richesse et majesté
partout; la Divinité, la religion n'y apparaissent nulle part, à
moins que ce ne soit une fois, dans les prières sacriléges, dans
les cantiques homicides de Frollo. Et sur tout cela plane,
répétée d'incident en incident, de catastrophe en catastrophe,
la sombre devise, la douloureuse ironie du commencement et
de la fin, ce terrible cri : Ἀνάγκη, la fatalité, c'est-à-dire pour
providence de ce désert : le néant!

Était-ce une énigme dont vous seriez venu nous donner le
mot tout à l'heure, en proclamant la prééminence de notre
époque, et n'aviez-vous que l'utile pensée de mener à cette
conclusion tous les esprits, par le contraste de ces tristes
temps, où, comme la liberté, comme la justice, comme la

dignité humaine, la Providence semble absente du sein des sociétés ? Ou bien simplement, ne serait-ce pas un de ces orages qui passent sur l'âme du jeune homme, dévastant ses pensées premières, ses hautes croyances, tout ce qui lui est venu de la culture maternelle, jusqu'au jour où, l'orage passé, rendu à lui-même, il sent se relever dans son cœur toutes ces convictions qui avaient fléchi, mais qui n'étaient pas déracinées ?

Je me persuade, Monsieur, que vous êtes parvenu à un troisième période de votre talent et de votre destinée. Le discours que nous venons d'entendre m'en paraît l'heureux et brillant programme. Vous dites *le Seigneur,* comme au sortir de votre enfance, et par là vous entendez sûrement une loi morale, qui soutienne la raison de l'homme pour prononcer hardiment sur le bien et le mal, pour choisir entre les gouvernements, entre les systèmes, entre les causes. Vous voulez des *ancres,* et vous les demandez aux plus vénérables souvenirs. Vous tracez du poëte, et de sa mission, un tableau qui rendrait Platon confus de l'avoir banni de sa République.

Ici, Monsieur, au sein de cette compagnie littéraire, vous ne pourrez que nous seconder dans notre séculaire devoir de défendre le style et la langue, qui vous préoccupent à si juste titre. Mais, vous l'avez indiqué : ce sont là des intérêts positifs pour la France. Elle a reçu, de l'épée des conquérants, des domaines que reprend un caprice de la fortune. De sa langue et de sa littérature, elle a reçu l'empire. Et, si elle le possède, est-ce parce que trois grands hommes qu'elle honore et qu'elle regrette, lord Byron, Walter Scott, Goëthe,

sont morts ? Ne serait-ce pas bien plutôt parce que Corneille,
Molière, Pascal, Bossuet ont vécu ? Certes, honneur à la génération présente, surtout quand elle se sera pénétrée de vos
maximes, et, puisse cette enceinte s'ouvrir à tous ceux qui
compléteront la dignité du talent par la dignité de leur vie!
Mais, avant tout, honneur et reconnaissance aux générations
passées! Si on lit notre jeune littérature jusqu'aux bornes
du monde civilisé, à qui le doit-elle, sinon à ses devanciers?
Ce n'est pas elle qui a conquis cet immense auditoire. Elle l'a
trouvé tout fait. Nous sommes aujourd'hui comme des enfants de famille, qui n'avons qu'à soutenir la fortune paternelle. Dieu veuille nous faire de plus en plus comprendre
que nous la conserverons uniquement comme nos pères
l'ont acquise, par la correction, par la règle, par l'esprit
d'ordre en fait d'art et de goût! Tout se tient chez les nations : les grandeurs, les décadences s'enchaînent. Quand
le goût dépérit, c'est que la sève qui fait les grands em-
pires s'épuise. Les États sont comme ces arbres dont vous
avez parlé. Si la mort se met dans les branches, elle est au
cœur.

Heureusement, dans notre France, la vie est partout. Un
sang nouveau circule avec des institutions plus jeunes, plus
libres ; et, cette fois, le génie national joint la mesure à la force.
Nous l'avons vu, dans ces dernières années, livré à lui-même,
résister à sa littérature et la contenir, comme il a contenu,
comme il a surmonté tous les excès. Aussi, ai-je, ainsi que
vous, une foi sincère dans l'avenir. Quand on regarde la route
à ses pieds, on y trouve des aspérités partout ; quand on regarde en avant, on la voit se dérouler plane et sûre. Nous

(64)

avons en main tous les leviers : dans la nation, l'égalité; dans les lois, la discussion; dans les pouvoirs, le concours ouvert entre tous les talents; sur le trône, l'amour des arts; le respect des lettres sur ses degrés; dans la société, plus de croyances avec plus de lumières; enfin, une paix industrieuse et féconde qu'animent, sans la troubler, comme pour complaire à l'esprit français, les bruits de la guerre africaine, nous apportant les exploits des princes et des soldats. Il ne nous faut que de bons principes et de bons exemples. Vous nous aiderez à les donner.

TYPOGRAPHIE DE FIRMIN DIDOT FRÈRES,
IMPRIMEURS DE L'INSTITUT, RUE JACOB, N° 56.

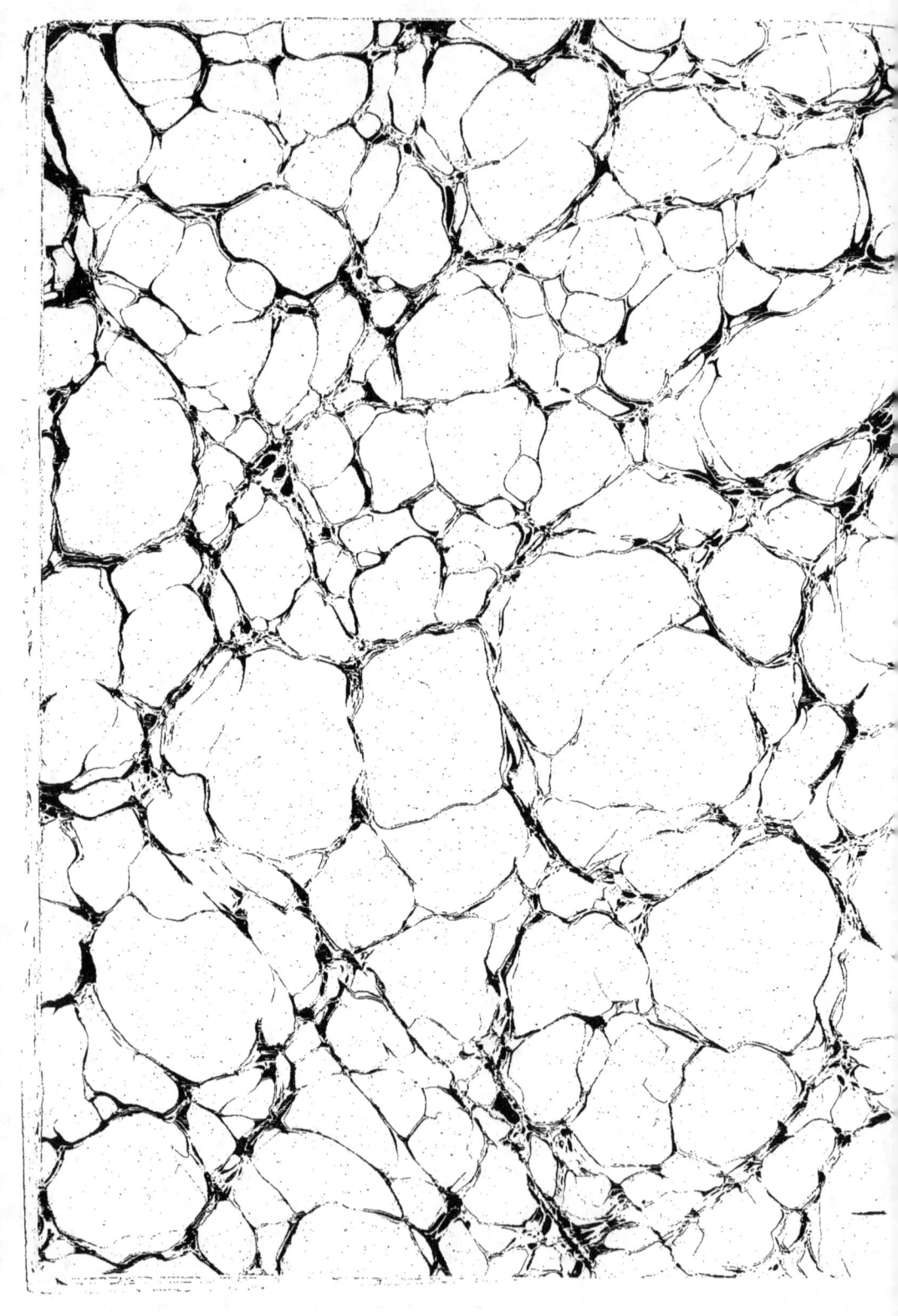

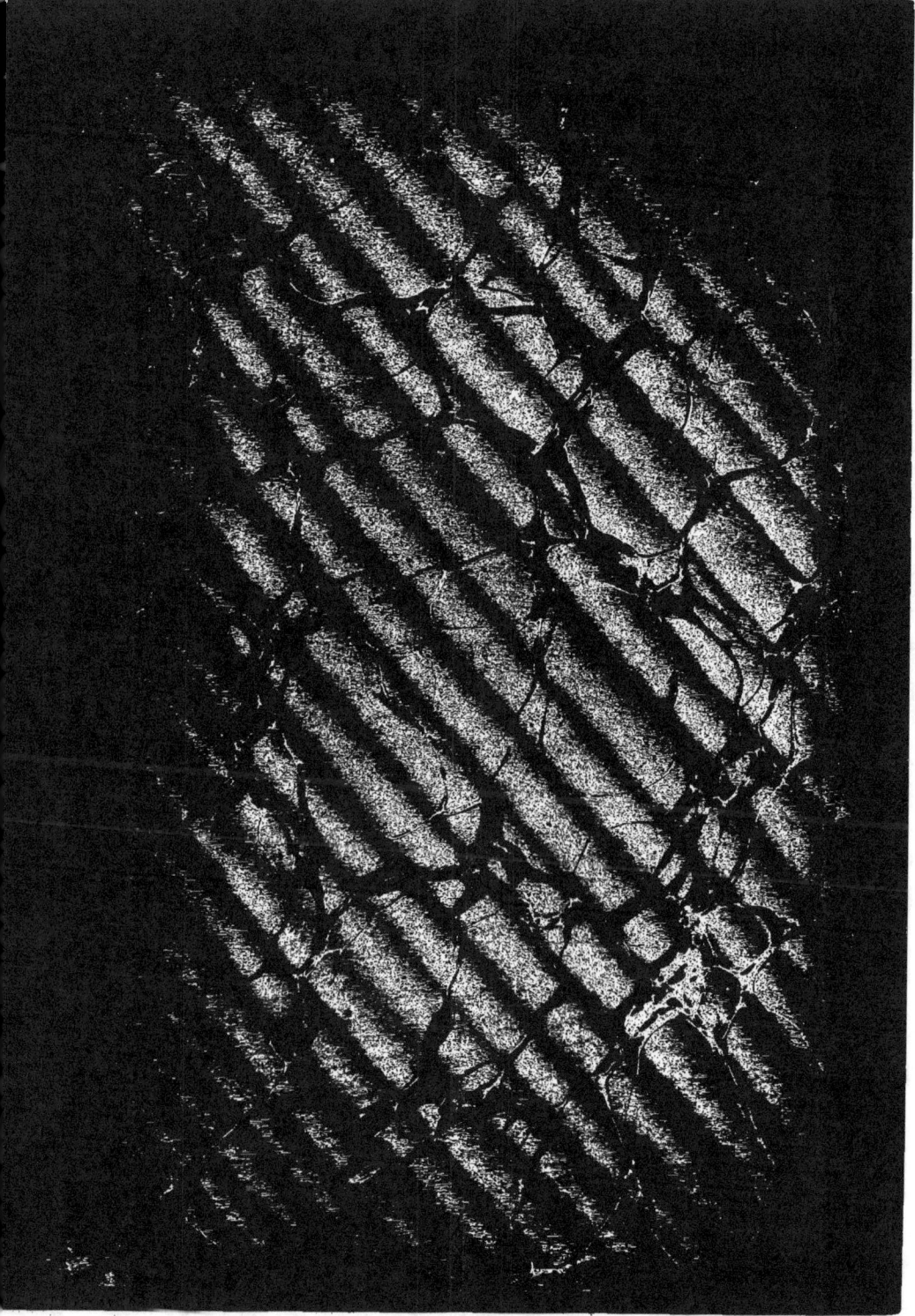

www.ingramcontent.com/pod-product-compliance
Lightning Source LLC
Chambersburg PA
CBHW070808260626
47161CB00006B/2196